무당패왕 11

2024년 2월 14일 초판 1쇄 인쇄
2024년 2월 19일 초판 1쇄 발행

지은이 윤신현
발행인 김관영

기획 이기헌 왕소현 임동관 박경무 강민구 조익현
책임편집 이정규
마케팅지원 이원선

발행처 (주)로크미디어
출판등록 2003년 3월 24일
주소 서울시 마포구 마포대로 45 일진빌딩 6층
Tel (02)3273-5135 Fax (02)3273-5134
홈페이지 rokmedia.com **E-mail** rokmedia@empas.com

ⓒ 윤신현, 2023

값 9,000원

ISBN 979-11-408-1801-3 (11권)
ISBN 979-11-408-1050-5 04810 (세트)

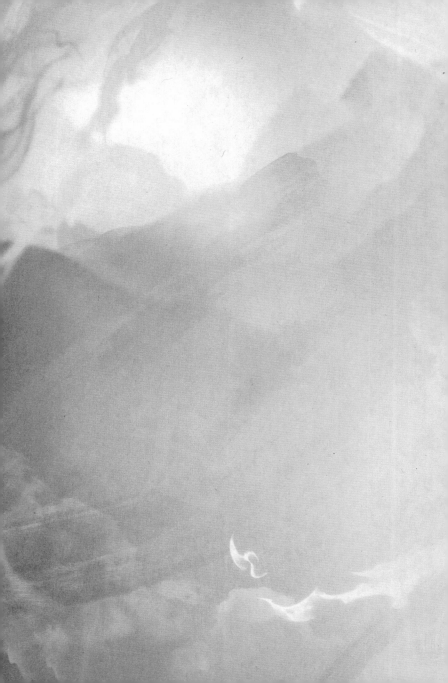

차례

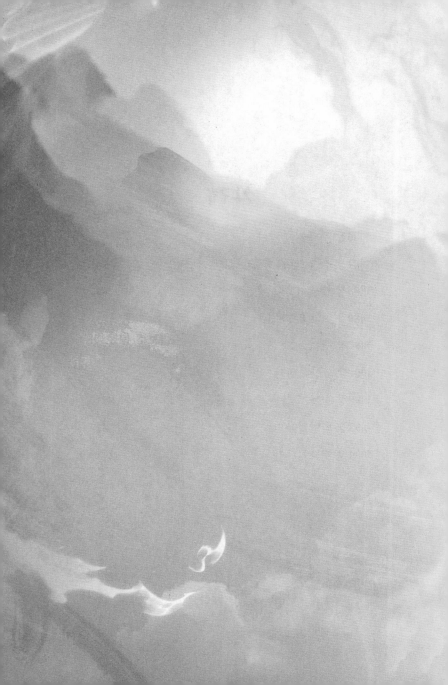

제86장 누나들이 왔다!

유하성의 동공이 살짝 커졌다.

기억에 남아 있는 모습과는 상당히 다르지만 그럼에도 유하성은 한눈에 알아볼 수 있었다.

지금 눈앞에 있는 청년들이 누구인지 말이다.

"약속한 대로 돌아왔습니다."

"잠시 떠나 있었지만 저희에게 있어 집은 대청표국이니까요."

"아버지, 할아버지께서 일하시던 곳이 대청표국입니다. 잠시 휘청거렸지만 현승이 형이 돌아오셨으니 저희도 당연히 돌아와야지요."

"이제는 형이 아니라 표국주님이지."

가지각색의 무복을 입고 있는 청년들이 씨익 웃으며 말했다.

복귀하는 데 일고의 고민도 없었다는 듯이 말이다.

마치 집으로 돌아오는 데 이유가 필요하냐고 묻는 듯한 청년들의 표정에 유하성도 피식 웃고 말았다.

"일단 들어와. 여기서 일하게 될지 안 될지는 모르겠지만 우선은 손님이니까."

"면접을 봐야 하는 겁니까?"

"이건 생각지도 못했는데…….."

유하성의 말에 청년들의 표정이 어두워졌다.

이런 상황은 조금도 생각해 보지 않아서였다.

그러나 사람 말은 끝까지 들어 봐야 했다.

"난 외부인이라 너희들을 받아들일지 말지를 결정할 권한이 없어. 주인인 현승이도 지금은 없고. 그러니 들어와서 대기해."

"아, 알겠습니다!"

"저희들이 조금 거들어도 될까요? 아이들이 경험이 없는 것 같은데."

슬쩍슬쩍 아이들이 정리하는 광경을 훔쳐보던 몇몇 청년이 입을 열었다.

나름 열심히 하는 것 같기는 한데 경험이 없어서 그런지 그들의 눈에는 너무나 허술해 보였다.

기본적인 것도 제대로 못 한다고 할까.

곽두일이 일을 가르치기는 했겠으나 혼자서 모든 것들을 다 관리하는 건 불가능했다.

"그래 주면 나야 좋지. 아이들도 좋을 테고."

"알겠습니다!"

"근데 다들 계약은 확실하게 해결하고 나온 거야? 무작정 나오는 건 대청표국에도 좋지 않다는 것 정도는 알고 있지?"

"물론입니다. 저를 포함해서 다 깔끔하게 처리하고 나왔습니다. 사실 모두 표사이기는 하지만 꼭 붙잡아야 할 정도의 수준은 아니라서요."

청년들 중 한 명이 겸연쩍게 웃으며 말했다.

쟁자수를 거쳐 정식 표사가 되기는 했으나 그래 봤자 삼급표사나 이급표사였다.

무림으로 치면 이류무사 정도의 수준이었기에 이직은 어렵지 않았다.

물론 일급표사였어도 그들의 결정은 달라지지 않았겠지만.

"들어와."

"네!"

익숙하지 않은 이들도 제법 있었으나 유하성은 일단 모두 안으로 들였다.

우선은 찾아온 손님들이었기에 그에 맞게 대우해 주었던

것이다.

걸러 내는 일은 백현승과 곽두일이 해야 할 몫이었다.

"확실히 전대 표국주님께서 인망이 있어. 시간이 이렇게 나 지났는데도 보은하겠다며 찾아오는 이들이 있다니."

"이 인근에서 대청표국의 도움을 안 받은 곳은 없으니 까. 비록 쇠락하긴 했어도 전통과 역사가 어디로 가는 건 아니지."

"하지만 이런 행운도 여기까지야. 앞으로는 현승이가 어 떻게 하느냐에 따라 달라질 거야. 공든 탑도 무너지는 건 한 순간이니까."

"그래도 이게 어디야."

유하성이라고 모르지 않았다.

아니, 전적으로 이춘상의 말에 동의했다.

그러나 유하성은 백현승을 믿었다.

아버지의 등을 보고 자랐으니 그 길을 똑같이 따라갈 터였 다.

"그렇긴 하지. 든든한 지원군이니까."

냉정하게 말하긴 했으나 이춘상이 생각하기에도 이보다 더 좋은 지원군은 없었다.

다들 젊기에 노련함이 부족하긴 하지만 그건 시간이 차차 채워 줄 것이었다.

오히려 사람이 없는 게 문제였는데 청년들이 그 부분을 채워 줄 터였다.

현재 대청표국에 가장 부족한 게 표행을 나갈 표사가 부족한 것이었으니까.

"그나저나 너무 조용한데. 내가 기대한 건 이게 아닌데."

"매일 치고받고 싸우지는 않아. 표국은 문파나 무가와는 달라."

"하지만 생계와 직접적으로 연관되어 있잖아. 오히려 경쟁 때문에 더 살벌하지."

"왜 그렇게 싸우지 못해서 안달이야? 우리는 싸우러 복건성에 온 게 아냐."

"알지. 근데 사람 마음이라는 게 그렇잖아. 이기심과 욕심이 없는 사람은 없으니까. 너도 그게 걱정되어서 여기까지 함께 온 거 아냐?"

정곡을 찌르는 말에 유하성은 말문이 막혔다.

하지만 그렇다고 싸우지 못해 안달이 난 건 아니었다.

"좋게 풀리면 그것보다 좋은 일은 없지. 소향이도 세상 경험이 필요하기도 하고. 너무 속세를 등지는 것도 좋지 않아."

"근데 보통은 큼지막한 이권이 걸려 있으면 좋게 풀리는 경우가 드물지. 이해관계라는 게 아귀가 딱딱 맞아떨어지는 건 아니니까. 아, 그리고 나 한동안 자리를 비울 거다. 볼일이 있어서."

"여유롭게 다녀와도 된다."

"금방 올 거거든. 너를 이기기 전까지는 죽어라 붙어 있을 거다!"

이춘상이 호기롭게 소리쳤다.

선전포고임과 동시에 스스로에게 하는 약속이었다.

그러나 이러는 게 한두 번이 아니었기에 유하성은 무덤덤했다.

"마음대로 해."

"언젠가는 네 그 높은 콧대를 콱 눌러 주마!"

"가능하다면. 근데 날 따라잡는 것보다 따라잡히지 않는 게 더 급하지 않나?"

"끄응!"

이춘상의 얼굴이 일그러졌다.

무엇을 말하는 건지 단박에 알아들어서였다.

그리고 실제로 틀린 말도 아니었다.

유하성과의 격차보다 현광, 나지연과의 격차가 훨씬 좁았다.

"어쨌든 난 응원하는 쪽이야."

"전혀 응원처럼 들리지 않아."

"그럼 어쩔 수 없고."

유하성이 어깨를 으쓱거렸다.

진심이지만 전해지지 않는다면 어쩔 수 없었다.

마음이라는 게 꼭 전달되는 건 아니니까.

그러나 그 모습이 이춘상에게는 너무나 얄밉게 다가왔다.

"하아……."

과거 부친이 사용했던 표국주의 집무실에서 백현승은 깊은 한숨을 내쉬었다.

시름 가득한 얼굴로 연거푸 한숨을 토해 냈던 것이다.

똑똑똑.

"네. 들어오세요."

차가 다 식었음에도 입 한번 대지 않고서 고민에 고민을 거듭하던 백현승이 고개를 들며 입을 열었다.

이윽고 집무실의 문이 열리며 더욱 날카로운 인상이 된 곽두일이 안으로 들어왔다.

자신과 백현승만 챙기면 됐던 과거와 달리 지금은 대표두로서 백현승이 미처 신경 쓰지 못하는 모든 부분을 챙겨야 했다.

그렇다 보니 자연스레 예민해질 수밖에 없었다.

"얼굴에 시름이 가득합니다, 표국주님."

"그럴 수밖에요. 현재 우리가 처한 상황을 곽 대표두님도 알고 계시잖아요. 심지어 결재할 서류도 없잖아요. 일감이 없으니."

"점차 나아지지 않겠습니까? 우리는 이제 막 시작하는 단계이니까요. 인원도 늘어났고요."

곽두일이 긍정적으로 말했다.

처음 이곳에 도착했을 때와 비교하면 모든 게 나아졌다.

지금 이 순간에도 나아지고 있었고 말이다.

가장 큰 문제였던 표사가 부족했던 점은 젊은 표사들의 이직으로 숨통이 트였다.

"그만큼 나가는 인건비도 늘었죠. 들어오는 일감은 없는데요."

"처음에는 수익이 나기 힘들 거라는 걸 표국주님도 알고 계셨지 않습니까."

"그렇긴 한데, 이렇게 막막할 줄은 몰랐죠. 언제까지 적자를 제 재산으로 메울 수만은 없으니까요."

"제가 좀 더 노력하겠습니다."

"곽 대표두님은 이미 충분히 노력해 주고 계세요. 오히려 부족한 건 저죠."

백현승이 단전에서부터 올라오는 깊은 한숨을 내쉬었다.

호기롭게 십대표국에 맡겨 두었던 거래처들을 돌려받았지만 문제는 다른 곳에서 터졌다.

거래처들 쪽에서 대청표국에 일을 맡기지 않았던 것이다.

정확하게는 대청표국의 역량에 의문을 품었다.

대청표국이 역사와 전통을 가지고 있다는 건 모두가 알았다.

하지만 능력은 별개의 문제였다.

"표국주님은 충분히 잘하고 계십니다. 제가 기대했던 것 이상으로요."

곽두일이 기를 살려 주고자 열심히 노력했으나 가라앉은 분위기는 좀처럼 나아질 기미를 보이지 않았다.

하지만 곽두일은 진심으로 지금의 상황이 나쁘지 않다고 생각했다.

일단 첫 단추는 잘 끼운 상태였다.

만약 순순히 거래처들을 돌려주지 않았다면 지루한 조율 시간을 보내야 했을 텐데 다행히도 그런 일은 벌어지지 않았다.

"그렇게 말씀해 주셔서 감사합니다. 진짜 곽 대표두님이 얼마나 힘이 되는지 몰라요. 저 혼자였다면 지금보다 상황이 훨씬 안 좋았겠죠."

"원래 처음이 어렵습니다. 물꼬만 트면 빠르게 괜찮아질 겁니다. 십대표국에 비할 바는 아니지만 지금 우리의 규모도 작은 건 절대 아닙니다. 일감이 없어 신뢰가 쌓이지 않아서 그런 것뿐이지 물꼬만 트면 상황은 반전될 겁니다."

"문제는 그 물꼬를 어떻게 트느냐는 건데."

백현승이 입맛을 다셨다.

상황이 좋지 않았지만 그는 거래처들의 입장도 이해했다.

반대의 상황이었다면 그 역시 대청표국을 못 미더워할 것이었다.

이제 막 재건의 기지개를 켜기 시작한 만큼 대청표국은 모든 게 불확실하고 불안정했다.

"제가 한 곳씩 가 보겠습니다. 이럴 때는 직접 만나서 대화하는 걸로 일이 풀리기도 합니다."

"그럼 저도 같이 가죠."

"안 됩니다. 이런 일에 표국주님이 직접 움직여서는 안 됩니다. 저 정도면 충분합니다."

"혼자서 돌기에는 너무 많지 않습니까?"

백현승이 걱정스러운 어조로 물었다.

절정의 벽을 넘었다고 하나 곽두일의 나이는 적지 않았다.

그가 소년에서 남자가 된 만큼 곽두일은 늙었다.

지천명의 나이를 눈앞에 둘 정도로 말이다.

"괜찮습니다. 싸우는 것도 아니고 인사차 돌아다니는 것이지 않습니까. 그리고 제가 생각한 것에 비하면 이 정도는 아무것도 아닙니다."

"하긴. 최악을 면하기는 했죠. 우리 능력이라기보다는 형님 덕분이지만."

백현승은 순순히 인정했다.

아니, 인정할 수밖에 없었다.

武當霸王
무당
패왕

복건성에서 제일이라는 삼강표국주가 괜히 그에게 고개를 숙이고 사과한 게 아니었다.

만약 뒤에 유하성이 없었다면 백현승은 지금도 십대표국을 돌며 거래처를 회수하고 있을 것이었다.

"인맥도 능력입니다, 표국주님."

"맞아요. 가지고 있는 걸 적재적소에 사용할 줄 아는 것도 능력이죠. 아끼면 똥이 되기도 하고."

"그렇습니다. 그러니 너무 조급해하지 마십시오. 순리대로 하다 보면 어느 순간 잘 풀려 있을 겁니다. 그보다 제안들은 생각해 보셨습니까?"

곽두일이 넌지시 물었다.

묘하게 의미심장한 표정을 지으면서 말이다.

마치 장성한 조카를 보는 듯한 눈빛으로 곽두일이 눈을 찡긋거렸다.

그런데 다행스럽게 백현승은 그 모습을 미처 보지 못했다.

"으음!"

"진지하게 고민해 볼 필요는 있다고 생각합니다."

"형님의 마음이 확 이해 가고 있어요. 어떻게 보면 제 가치를 인정받은 일이긴 한데, 부담스럽네요."

"혹시 마음에 담아 둔 분이 계신 건 아니고요?"

"어……."

백현승이 그답지 않게 말끝을 흐렸다.

곽두일의 말을 듣기 무섭게 하나의 잔상이 뇌리를 스치고 지나가서였다.

그리고 그걸 곽두일은 귀신같이 알아차렸다.

"저는 나쁘지 않다고 생각합니다. 더불어 저는 언제나 표국주님의 편입니다."

"……정말요?"

"물론이지요. 전대 표국주님이나 어르신들이 계셨다면 반대하셨겠지만 지금은 안 계시지 않습니까."

순식간에 굳어 버린 백현승의 표정에 곽두일이 웃으며 말했다.

중요한 문제이긴 하나 그렇다고 심각해질 문제는 아니라고 생각해서였다.

더욱이 크게 보면 딱히 큰 문제라고 할 것도 없었다.

어차피 가문 대 가문의 결합이니까.

"저도 그 부분을 생각했습니다. 곽 대표두님의 말씀대로 어떻게 보면 저에게 유리한 상황이기는 하지만요."

"그리고 조언을 구할 사람도 있지 않습니까?"

"예를 들면 곽 대표두님이요?"

백현승이 옅게 웃으며 말했다.

그러나 곽두일은 고개를 저었다.

"저는 미혼자이지 않습니까. 이 부분에 대해서는 제가 아는 게 별로 없지요. 하지만 비슷한 상황에 처해 계신 분이 있

무당
패왕

지 않습니까. 그것도 현재 진행 중인 분이요.”

“형님 말씀이시군요.”

“맞습니다. 게다가 굳이 설명할 필요도 없지 않습니까?”

“그렇긴 하죠. 근데 도움이 될까요?”

“냉정하게 현실을 짚어 주시지 않을까요.”

백현승이 피식 웃었다.

확실히 그런 부분에서는 독보적인 게 유하성이었다.

거기다 이미 한번 상담을 받아 본 적도 있고.

다만 백현승이 고민하는 건 그럴 만한 가치가 있을까 싶어서였다.

‘냉정하게 따져 보면 지극히 개인적인 욕심이니까.’

괜히 혼인을 인륜지대사라고 하는 게 아니었다.

평범한 집안에서도 그렇게나 큰일인데 하물며 백현승은 현재 대청표국의 주인이었다.

대청표국을 재건하고 키워 나가는 것에만 온 신경을 집중해도 모자랄 판에 여자에 연연하는 건 표국주로서 해선 안 되는 일이었다.

그리고 혼인은 사랑만으로 하는 게 아니었다.

더욱이 짝사랑은 두말할 필요가 없었고.

게다가 그녀와의 혼인은 단순한 결혼이 아니었다.

‘자칫 잘못하면 먹힌다.’

설소연은 백봉표국의 소국주였다.

문제는 설소연의 뒤에 설혜상이 있다는 점이었다.

중소표국이었던 백봉표국을 지금의 위치까지 끌어올린 여걸 설혜상 말이다.

그렇기에 대청표국을 홀라당 삼켜 버리려 할지도 몰랐다.

"일단 이 문제는 좀 더 고민해 보겠습니다. 당장 급한 건 아니니까요. 아직 형님도 혼자이신데 제가 먼저 갈 수는 없죠."

"흠흠!"

생각을 정리한 백현승이 단호한 목소리로 말했다.

중요한 문제이긴 하나 당장 결정을 내려야 할 정도로 급한 문제는 아니었다.

그런데 백현승의 말에 곽두일이 어색하게 헛기침을 했다.

"장유유서라고 하지 않습니까. 저보다는 곽 대표두님이 먼저 가셔야죠."

"저야 뭐……."

"혹시 좋은 소식 없습니까?"

"크흠! 저도 혼담이 들어오기는 하는데 우선은 일이 먼저라고 생각합니다. 전 이미 늦었지 않습니까. 좀 더 늦는다고 해서 크게 달라질 건 없지요. 이제는 절정고수이기도 하고."

"성에 차지 않으신 모양이네요."

무난한 대답이었으나 백현승은 그 안에서 곽두일의 본심을 읽었다.

곽두일이 그에 대해 잘 알고 있는 것처럼 백현승 역시 곽두일에 대해서 잘 알고 있었다.

만약 눈이 돌아갈 정도의 미인이었다면 곽두일은 절대 고민하지 않았을 것이었다.

"아닙니다. 저는 대청표국을 위해서……."

"에이. 우리 사이에 이러지 말죠? 서로 잘 알잖아요."

"커험!"

곽두일이 슬그머니 시선을 피했다.

반박할 여지가 없는 말에 곽두일은 괜히 창밖만 쳐다봤다.

똑똑똑.

"표국주님."

"무슨 일이야?"

"손님이 찾아오셨습니다."

"손님? 혹시 의뢰인이 찾아오신 건가?"

이제는 진짜 식구가 된 아이의 목소리가 문 너머에서 들려오자 백현승이 살짝 기대한 표정을 지었다.

혹시나 첫 번째 의뢰가 들어온 건가 싶어서였다.

하지만 이어지는 말에 백현승의 표정이 삽시간에 어두워졌다.

"아, 그런 건 아닙니다."

"역시 그런가."

순식간에 시무룩해지는 백현승의 표정에 무당산에서부터

함께 온 아이가 어색하게 웃었다.

표정 변화가 너무나 극명해서였다.

그런데 그건 곽두일도 마찬가지였다.

그 역시 내심 기대했었던 모양인지 씁쓸한 기색을 감추지 못했다.

"근데 누가 찾아온 거야?"

"소저들께서 찾아오셨습니다."

"설마?"

백현승의 두 눈이 휘둥그레졌다.

설마하니 그녀들이 여기까지 찾아올 줄은 몰라서였다.

자신을 찾아온 손님이 있다기에 유하성은 이소향과 함께 정문으로 향했다.

이소향과 달리 어리둥절한 표정을 짓고서 말이다.

설마하니 이곳까지 찾아올 줄은 몰랐기에 유하성은 살짝 들뜬 이소향과 함께 정문으로 걸어갔다.

잠시 후 유하성의 두 눈에 적지 않은 규모의 무리가 들어 왔다.

"유 공자님!"

총 네 무리였는데 마차에 달려 있는 깃발들에 수놓아진 가문의 표식이 하나같이 대단했다.

복건성에서는 보기 드문 가문들의 마차가 대청표국의 정문에 세워져 있었던 것이다.

그리고 네 명의 여인들이 동시에 유하성을 발견했다.

휘이익!

그와 동시에 네 명이 땅을 박찼다.

반가운 마음을 숨기지 않고서 유하성을 향해 경신술을 펼쳤던 것이다.

그런 여인들의 모습에 이소향도 얼굴 가득 반가운 기색을 띠었다.

"오랜만입니다."

"안녕하세요!"

살짝 놀라기는 했으나 이내 평소처럼 담담한 신색으로 돌아온 유하성과 달리 이소향은 환하게 웃었다.

생각지도 못한 재회에 기뻐하는 것이었다.

그런 이소향의 모습에 복건성 복주까지 찾아온 네 명의 여인들도 밝게 웃었다.

"못 본 새에 또 엄청 컸네?"

"이제는 꼬마 아가씨가 되었는걸?"

"숙녀라고 해도 되겠어."

"그래도 귀여움은 여전하네."

제갈령령, 황주연, 남궁희수, 서문예지가 차례대로 입을 열었다.

이소향과 마찬가지로 반가운 기색이 완연한 얼굴로 말이다.

"언니들은 더 예뻐지신 거 같아요."

"어머? 정말?"

"진짜로?"

"누가 제일 예뻐진 거 같아?"

"그래. 이참에 한번 말해 줘. 누가 가장 예쁜지."

이소향의 칭찬에 네 명이 기다렸다는 듯이 달려들었다.

그러자 이소향의 얼굴에 당혹감이 떠올랐다.

네 명이 이렇게 달려들 줄은 몰라서였다.

그렇다고 누가 제일 예쁘다고 말할 수도 없기에 이소향은 곤혹스러워하며 유하성을 올려다봤다.

"네 분 다 아름답다고 하면 돼."

"아!"

도움을 요청하는 이소향의 눈빛에 유하성이 피식 웃으며 조언을 해 주었다.

꼭 한 명을 콕 짚을 필요는 없어서였다.

"칫! 알려 주시는 게 어디 있어요."

"이참에 소향이의 속마음을 알아볼까 했는데."

"이건 반칙이에요."

"그러니까."

연적이지만 함께한 시간이 적지 않아서 그런지 네 명 다 이럴 땐 전우가 되어 협공했다.

하지만 이런 적이 자주 있었기에 유하성은 당황하지 않았다.

"여기까지 오실 줄은 몰랐습니다."

"찾아간다고 했었잖아요."

"저는 무당산에 올 줄 알았습니다."

"그럼 그냥 돌아갈까요?"

제갈령령이 장난스럽게 웃었다.

원한다면 지금 당장이라도 돌아갈 수 있다는 듯이 말이다.

그런데 그 말에 남궁희수가 반색했다.

"언니가 가면 나는 좋아."

"나도."

"나 역시."

거기에 황주연과 서문예지 역시 기다렸다는 듯이 대답했다.

연적이 알아서 떠나 주겠다는데 만류할 이유는 없어서였다.

그러자 제갈령령이 고운 아미를 한껏 찡그렸다.

"농담한 거거든?"

"에이. 역시 농담이었나."

"좋다 말았네."

무당산에서 지낼 때보다 한결 더 친해진 듯한 네 여인의 모습에 유하성은 재미있다는 표정을 지었다.

서로가 경쟁자일 텐데도 대화하는 모습을 보면 친구처럼 보여서였다.

"일단 들어오시죠."

"숙소는 유 공자님이 지정해 주시는 건가요?"

"아닙니다. 여기 주인이 정해 줄 겁니다. 저 역시 빈객이라."

"흐음. 그래요?"

유하성의 대답에 제갈령령이 의미심장한 표정을 지었다.

그런데 그건 다른 세 명도 마찬가지였다.

무슨 생각을 하는지 다들 눈을 반짝였던 것이다.

하지만 유하성은 안내를 위해 몸을 돌렸기에 그 모습을 보지 못했다.

또르륵.

"진짜 오랜만이네요. 유 공자님이 따라 주는 차를 마시는 건."

응접실에 도착한 제갈령령이 감회 어린 표정을 지었다.

무당산을 떠나고서 연락은 꾸준히 했지만 이렇게 마주 보는 건 정말 오랜만이었다.

그래서인지 다른 세 사람도 반가운 표정을 지었다.

"저도 그러네요."

"사실 저는 내심 기대했거든요."

유하성과 제갈령령의 대화에 둥글게 앉아 있던 네 사람의 시선이 그녀에게로 향했다.

얌전히 앉아 있던 이소향도 차를 홀짝이며 제갈령령을 바라봤던 것이다.

"기대요?"

"네. 흔히들 그러잖아요. 눈에서 멀어지면 마음에서도 멀어진다고. 거기다 다들 명문세가의 여식들이기도 하고, 나이도 점점 먹어 가고. 그래서 한두 명은 마음을 접을 거라고 생각했어요."

"나도 그런데."

"저도요."

"신기하네. 모두가 같은 생각을 할 줄은."

세 여인이 똑같이 토끼 눈을 뜨고서 서로를 쳐다봤다.

설마하니 모두가 똑같은 생각을 했을 줄은 몰라서였다.

"근데 결과적으로는 달라진 게 없네요. 세월만 흐르고."

제갈령령이 한탄하듯 말했다.

야속하게도 그녀의 바람은 이루어지지 않아서였다.

오히려 경쟁자가 더 늘지 않았다는 사실이 다행이라고나

할까.

"제가 몹쓸 놈이 되었네요."

"그런 뜻으로 말한 게 아니에요."

제갈령령이 화들짝 놀랐다.

유하성을 탓하려고 꺼낸 말이 아니어서였다.

"근데 정말 놀랐습니다. 이곳까지 오실 줄은 몰랐거든요."

"사실 저도 놀랐어요. 저만 올 줄 알았거든요."

"언니만 보낼 수는 없지. 그리고 안휘성에서 복건성은 그리 멀지 않기도 하고."

"선의의 경쟁을 하기로 했잖아요."

"맞아."

남궁희수와 황주연, 서문예지가 샐쭉한 표정을 지으며 제갈령령을 흘겨봤다.

하지만 매서운 세 여인의 눈빛에도 제갈령령은 태연자약했다.

"그래서 다 말했잖아. 언제 출발할 거라고."

"그러니까 이렇게 웃으면서 대화하고 있지."

"참나."

한마디도 지지 않는 남궁희수의 말에 제갈령령이 실소를 흘렸다.

소화라는 별호답지 않게 남궁희수는 승부욕이 강했다.

그리고 많은 이들이 모르지만 당돌하기도 했다.

"네 분 모두 와 주셔서 감사합니다. 쉽지 않은 결정이었을 텐데."

"저에게는 쉬운 결정이었어요. 오히려 늦은 감이 있죠."

"맞아요."

"고민할 필요가 없는 문제라고나 할까요."

"이제는 다른 곳에 시집가기 힘들어지기도 했고요."

마지막 서문예지의 말에 유하성이 어색하게 웃었다.

저 말의 의미를 모르지 않아서였다.

"그건 아니지."

"천하의 백화가 시집갈 곳이 없다니요."

말없이 웃는 유하성과 달리 제갈령령과 황주연은 정면으로 반박했다.

두 사람이라면 모를까 서문예지는 상황이 달라서였다.

무림삼화라는 이름값은 결코 가볍지 않았다.

나이도 제갈령령과는 동갑, 황주연보다는 딱 한 살 많을 뿐이었다.

"근데 그 말은 다른 곳에 시집갈 수 있다면 가겠다는 말 아닌가요? 저는 일단 찬성이에요."

"오호?"

그때 남궁희수가 예리하게 한마디를 꺼냈다.

가만히 생각해 보면 여지를 두는 것 같아서였다.

"그런 의미로 말한 게 절대 아니에요, 유 공자님."

반색하는 세 여인의 모습에 서문예지가 다급하게 손사래를 쳤다.

절대 그런 의미로 말한 게 아니어서였다.

단지 서문예지는 이렇게까지 기다렸다는 마음을 전달하고자 했을 뿐이었다.

"아깝네. 강력한 경쟁자가 떠날 줄 알았는데."

"너무해."

"그 말은 나도 하고 싶어."

서문예지가 흘겨보자 제갈령령이 피식 웃었다.

누구보다 먼저 유하성에게 관심을 표명한 게 그녀였다.

하지만 결과는 지금의 모습이었다.

"대청표국에는 얼마나 머무실 생각이세요?"

제갈령령과 서문예지의 대화가 어느 정도 정리되자 황주연이 입을 열었다.

대청표국에 간다고만 했지 얼마나 머물지에 대해서는 들은 바가 없어서였다.

"정확하게 기간을 정해 놓지는 않았습니다. 일단은 어느 정도 자리를 잡을 때까지는 있을 예정입니다."

"백 표국주가 빨리 자리를 잡으면 일찍 떠날 수도 있단 말씀이시네요?"

"그렇죠. 근데 돌아가는 상황을 보아하니 일찍 떠나는 건 힘들 것 같습니다."

"상황이 좋지는 않더라고요."

황주연이 고개를 주억거렸다.

장추산에게 직접 보고를 받았기에 그녀는 다른 세 여인들과 달리 대청표국의 사정에 대해서 잘 알고 있었다.

또한 현재 돌아가는 상황 역시.

"근데 그건 왜 물어보시는 겁니까?"

"일정 때문에 함께 오지 못한 주성이가 곧 도착할 예정이라서요. 혹시 엇갈릴까 싶어서요."

"주성이요?"

"예. 저보다 더 유 공자님과 소향이를 보고 싶어 하더라고요."

황주연이 살짝 질린 표정을 지었다.

과거의 기억이 자연스럽게 떠올라서였다.

매일같이 무당산에 가고 싶다고 떼를 쓰는 황주성을 달래던 기억이 떠오르자 황주연은 자기도 모르게 고개를 절레절레 저었다.

"잘 지내는 모양이네요."

"주성이는 잘 지내지만 대신 제가 힘들더라고요."

똑똑똑.

황주연의 말이 끝났을 때 누군가가 문을 두드렸다.

그리고 익숙한 목소리가 문 너머에서 들려왔다.

"저 왔습니다!"

우렁찬 목소리와 함께 문이 열리며 백현승이 모습을 드러냈다.

얼굴 가득 반가운 기색을 띠고서 네 사람을 번갈아 쳐다보며 인사했다.

"오랜만이에요, 백 표국주님."

"표국주가 되신 거 축하드려요."

"하하하. 감사합니다."

네 여인의 축하 인사에 백현승이 머쓱하게 웃으며 머리를 긁적였다.

그런데 네 사람은 단순히 인사만 하지 않았다.

"선물이 있어요, 표국주님."

"선물이요?"

"네. 어쩌면 지금 표국주님에게 가장 필요한."

제87장 술술술? 쭉쭉쭉!

서문예지가 의미심장하게 웃으며 말했다.

한데 그 모습에 백현승은 가슴이 뛰었다.

선물이 있다는 말에 기분도 좋아졌지만 서문예지의 미소에 심장이 벌렁거렸다.

무림삼화의 일인인 서문예지의 미소는 그만큼 강력했다.

꿀꺽!

이제는 익숙해질 때도 되었는데 백현승은 여전히 적응이 되지 않았다.

한순간 설소연이 잊힐 정도로 말이다.

그래서 백현승은 침을 삼키며 정신을 차렸다.

"무, 무슨 선물인가요?"

이제는 더 이상 어린아이가 아니었기에 백현승은 빠르게 신색을 회복하며 물었다.

대청표국의 주인답게 제법 의젓하게 입을 열었던 것이다.

하지만 그는 몰랐다.

몸은 커졌을지 모르나 네 여인에게는 여전히 어린아이로 보였다.

"요즘 많이 힘들죠?"

"많이는 아닙니다. 하하하."

제갈령령의 말에 백현승이 어색하게 웃었다.

힘든 건 사실이지만 그렇다고 못 버틸 정도는 아니었다.

이미 충분히 예상한 것이기도 했고.

그리고 남자로서 미녀에게 약한 소리를 하고 싶지는 않았다.

"그럼 선물은 안 드려도 되겠는데요?"

"허어. 무슨 말씀을. 자고로 받으면 받을수록 좋은 게 선물이지 않습니까? 저는 받을 준비가 되어 있습니다."

"호호호!"

몸은 자랐지만 여전한 넉살에 제갈령령은 물론이고 다른 여인들도 웃었다.

그러면서 새삼 백현승의 배짱도 상당하다는 걸 느꼈다.

다른 이였다면 극도로 초조해하며 여유를 보이지 못했을 텐데 백현승은 달랐다.

힘든 걸 뻔히 알고 있는데도 그러한 티가 전혀 보이지 않았다.

"그리고 말을 꺼내고 안 주는 법이 어디 있습니까?"

"여전하시네요."

"칭찬으로 듣겠습니다. 흐흐흐."

"선물은 저희 네 사람 모두 준비했어요. 어떻게 보면 같은 선물이라고도 할 수 있고요."

"같다고요?"

백현승이 눈을 껌뻑였다.

그러고는 제갈령령을 시작으로 황주연, 남궁희수, 서문예지를 번갈아 쳐다봤다.

무슨 선물일지 궁금하다는 표정으로 말이다.

"표국주님께 지금 가장 필요한 선물이죠."

"저 기대해도 됩니까?"

"얼마든지요."

남궁희수가 해맑게 웃었다.

충분히 기대해도 되는 선물이어서였다.

그걸 백현승 역시 알았는지 얼른 말해 달라는 눈빛을 보내왔다.

"저도 궁금하네요."

"저도요!"

거기에 유하성과 이소향도 가세했다.

특히 이소향의 눈이 가장 빛났다.

친오빠는 아니지만 가장 가까운 사람 중 한 명인 백현승에게 필요한 선물이라고 하자 궁금했던 것이다.

"더 뜸을 들이고 싶지만, 그러면 안 되겠죠?"

"절 말려 죽이실 속셈이십니까?"

"유 공자님이 안 계셨으면 그랬을 것 같네요."

황주연이 씨익 웃었다.

조금이라도 더 애를 태우겠다는 듯이 말이다.

"너무하세요."

"대청표국에 의뢰를 맡길까 해요."

"서, 설마!"

이어지는 황주연의 말에 백현승의 두 눈이 화등잔만 하게 커졌다.

선물이 무엇인지 단박에 알아차린 것이었다.

"금와장뿐만이 아니에요. 저희도 마찬가지예요."

"감사합니다! 정말 감사합니다!"

제갈령령이 거들듯이 말하자 백현승이 자리에서 벌떡 일어나 네 여인을 향해 허리를 깊게 숙였다.

말한 대로 정말 대청표국에 필요한 선물이었기 때문이다.

그래서 백현승은 감동한 얼굴로 연신 허리를 숙였다.

"저도 감사합니다."

"유 공자님께 감사하단 말을 들을 정도는 아니에요. 일감을 엄청나게 몰아준 것도 아니고요."

"맞아요. 금와장이라면 모를까 저희는 사실 복건성에 딱히 기반이라고 할 게 없어서."

"금와장에 얹혀 간다는 말이 정확하죠."

제갈세가, 남궁세가, 서문세가는 무림의 명문세가이긴 하나 복건성에서는 아무래도 영향력이 약할 수밖에 없었다.

반면에 금와장은 중원 상계의 거물이기에 복건성에서도 상당한 영향력을 가지고 있었다.

그렇기에 세 여인은 겸연쩍은 표정을 지었다.

도움을 주는 건 맞지만 그렇다고 엄청나게 도와주는 건 아니었기에 세 사람은 민망해했다.

"그래도 도와주시는 건 맞으니까요. 도움이 크고 작은 건 중요치 않습니다. 저를 생각해 주는 마음이 감사한 거니까요."

"그리 말해 주니 저희야말로 감사하네요."

"조금 민망하기는 하지만요."

거듭 허리를 숙이는 백현승의 모습에 제갈령령과 남궁희수가 어색하게 웃었다.

하지만 한편으로는 보람도 느꼈다.

이렇게 좋아하니 네 사람도 덩달아 기분이 좋아졌던 것이다.

"이것으로 물꼬는 틀 수 있을 거예요. 그런데 이건 말 그대로 시작이란 거 알고 계시죠?"

"물론입니다. 조금의 실수도 없이 완벽하게 완수하겠습니다. 제 이름과 대청표국의 명예를 걸고요."

"그 정도로 큰 의뢰는 아니에요."

"알고 있습니다. 처음부터 큰 의뢰는 바라지도 않고요. 아직은 큰일을 맡을 만한 역량이 안 된다고 생각합니다. 그래서 작은 것부터 하나씩 시작할 생각입니다. 신뢰라는 건 단번에 생기는 게 아니니까요."

"믿음직스럽네요."

황주연이 고개를 주억거렸다.

나이는 어려도 자기만의 소신이 있음을 알 수 있어서였다.

물론 경험이 부족한 만큼 이런저런 실수가 있긴 하겠으나 그건 시간이 지나면 자연스럽게 채워질 부분이었다.

"표국 일에 있어 가장 중요한 게 신뢰와 신용이니까요. 그게 쌓이면 실적은 자연스레 따라온다고 생각합니다."

"제대로 배우셨네요."

"아버지께 배운 게 바로 이거거든요. 늘 기본이 중요하다고 말씀하셨죠."

백현승이 씨익 웃었다.

비록 쇠락해 가는 대청표국을 일으켜 세우진 못했으나 적어도 이름에 먹칠을 하지는 않았다.

오히려 신망을 더 쌓으면 쌓았지.

그렇기에 백현승은 부친인 백기륭을 존경했다.

"신기하네요. 장주님도 자주 하시는 말씀이신데."

"그만큼 쉽지만 지키기 힘들다는 것이겠죠. 저도 조금씩 느끼고 있고요."

"초심도 잃지 말고."

"물론이죠."

넌지시 한마디 내뱉는 유하성의 말에 백현승이 고개를 크게 끄덕였다.

대청표국의 멸문을 두 눈으로 직접 목도했던 게 그였다.

그런 만큼 백현승은 과거의 그 일과 초심을 절대 잊지 않을 생각이었다.

뼈에 새긴다는 각오로 매일 기억하고 회상하기로 다짐했다.

"그럼 의뢰부터 확인할까요? 이렇게 모인 김에."

"안 그래도 준비해 왔어요."

백현승이 단순히 기뻐하는 것과 달리 유하성은 곧장 본론으로 넘어갔다.

감사 인사는 이 정도면 충분하다고 생각해서였다.

더욱이 현재 대청표국의 상황을 생각하면 서둘러 일을 시작하는 게 좋았다.

모두에게 보여 주기 위해서는 말이다.

"이렇게나 저를 신경 써 주시다니, 정말 감동입니다."

미리 준비해 왔다는 듯이 서류를 내미는 황주연의 모습에 백현승이 다시 한번 감격했다.

동시에 또다시 깨달았다.

인맥의 힘이라는 게 생각했던 것보다 더 대단하단 사실을 말이다.

물론 큼지막한 의뢰는 없었으나 중요한 건 금와장과 남궁세가, 제갈세가, 서문세가의 일을 따냈다는 것이었다.

'어떻게 보면 의뢰를 받은 것보다 이게 더 크지.'

그동안 십대표국에 의뢰를 했던 거래처들이 대청표국에 일을 맡기지 않은 가장 큰 이유는 신용이 없어서였다.

과거의 대청표국은 어느 정도 믿을 수 있었지만 현재의 대청표국은 믿을 수 없다는 인식이 팽배했다.

그리고 그걸 백현승도 인정했다.

당장 십대표국과 대청표국 중 하나를 선택하라면 백현승도 십대표국을 선택할 것이었다.

'그래서 가격을 최대한 낮추는 방안도 생각했지만 누나들이 도와준다면 얘기가 달라지지.'

백현승의 입가에 미소가 맺혔다.

다른 곳도 아니고 천하에서 명성 높은 명문세가와 금와장이 일을 맡겼다.

이 의뢰를 제대로 수행한다면 대청표국과 그를 향한 인식이 대번에 뒤집어질 것이었다.

무당
패왕
武當霸主

"누나들이 이 정도는 해 줄 수 있으니까요."

"시험이기도 하고."

인자한 미소의 제갈령령과 달리 남궁희수는 의미심장한 표정을 지었다.

이번 의뢰를 실패하면 다음은 없다는 듯이 말이다.

하지만 그런 남궁희수의 표정에도 백현승은 긴장하지 않았다.

"잘할 자신 있습니다. 네 분 소저의 믿음에 반드시 보답하겠습니다!"

"이제는 소저라고 부르는 거예요?"

"무당산에서는 누나라고 부르더니."

가슴을 탕탕 두드리며 자신만만하게 소리치는 백현승을 향해 황주연과 서문예지가 짓궂게 말했다.

소저라고 부르자 적응이 되지 않았던 것이다.

"저를 먼저 깍듯하게 표국주님이라 부르시지 않았습니까? 그래서 저도 당연히 격식을 차려야 한다고 생각했는데요."

"누나라고 불러요. 누나라 하면서 존칭을 해도 되니까요."

"하하. 그럼 누님들이라 부를까요?"

깔끔하게 상황을 정리해 주는 서문예지의 말에 백현승이 씨익 웃었다.

특유의 천연덕스러운 표정을 지으며 말을 이었다.

"누님은 싫어요."

"맞아. 나이 들어 보이잖아요."

"나도."

"완전 싫어."

네 사람이 정색했다.

누나는 몰라도 누님은 너무 나이 들어 보여서였다.

그런 네 사람의 모습에 백현승이 황급히 말을 바꿨다.

"하하하! 그럼 예전처럼 누나라고 하겠습니다!"

"그래요. 앞으로 잘 부탁해요, 표국주님."

"맡겨 주세요!"

언제 정색했냐는 듯이 순식간에 풀어지는 제갈령령과 세 여인의 표정에 백현승이 호탕하게 대답했다.

그러고는 두 눈을 초롱초롱하게 빛냈다.

이번 의뢰로 위기를 단숨에 타개할 생각이었다.

다음 날 해가 뜨기 무섭게 또 하나의 무리가 대청표국을 찾았다.

바로 황주성이 도착한 것이었다.

황주연이 말한 게 어제이건만 단 하루 만에 황주성이 대청 표국에 도착했다.

"소향아!"

이제는 열한 살이 된 황주성이었으나 모습은 크게 달라지지 않았다.

무당산에서 봤을 때보다 키만 훌쩍 컸을 뿐 여전히 동글동글한 체형을 유지하고 있었다.

"왔어?"

"응! 진짜 오랜만이야! 근데 나 안 보고 싶었어?"

한달음에 달려오던 황주성이 쭈뼛거리며 물었다.

그와 달리 이소향은 딱히 반가워하는 기색이 보이지 않아서였다.

오히려 새침하게 쳐다보는 눈빛에 황주성은 흥분이 팍 식었다.

"나는 딱히."

"왜?!"

"편지를 주고받았잖아."

"그거하고 직접 만나는 건 다르지!"

황주성이 통통한 볼을 부풀리며 고개를 획획 저었다.

절대 같을 수 없다는 듯이 말이다.

"비슷해. 그런데 사부님께 인사 안 드릴 거야?"

"아! 죄송합니다, 유 공자님!"

"괜찮아. 그럴 수도 있지. 주성이는 못 본 새에 소년이 되었네?"

"헤헤헤! 남자가 됐어요!"

유하성의 칭찬에 황주성이 해맑게 웃으며 당차게 대답했다.

소년보다는 남자라는 말이 더 좋아서였다.

이제는 열한 살이 되기도 했고.

"남자라고 하기에는 아직 수염도 안 났는데?"

"윽!"

"그래도 수련을 열심히 했네. 피부도 적당히 타고, 굳은살도 있고."

"집에서도 열심히 수련했어요! 소향이한테 지지 않으려고요!"

유하성이 알아봐 주자 황주성이 신나서 떠들었다.

그런데 하나부터 열까지 모든 것을 다 이소향과 연관시켰다.

정작 이소향은 황주성을 딱히 신경 쓰지 않았는데 말이다.

매일같이 있었지만 유하성의 기억에 이소향이 황주성에 대해 말한 적은 없었다.

'짝사랑인가.'

유하성이 묘한 눈으로 황주성을 바라봤다.

근데 보아하니 황주성은 잘 모르는 듯했다.

모든 것을 이소향과 연관시켜 말한다는 사실을 말이다.

'여기도 쉽지는 않겠어. 아니, 너무 앞서가는 건가?'

유하성은 속으로 피식 웃었다.

이제 열한 살, 아홉 살인 아이들이었다.

좋아하는 거라면 모를까 사랑을 논하기에는 둘 다 너무 어렸다.

백현승의 경우도 있긴 하나 그건 예외였다.

나이도 지금의 황주성보다 한 살 더 많았고.

"이제는 내가 이길걸?"

"아닐걸? 아직은 내가 이길걸?"

"내 사부님이 누구인지 잊은 거 아냐?"

"윽!"

툭 내뱉는 이소향의 한마디에 황주성이 분한 듯 가슴을 움켜잡았다.

나이는 어려도 황주성 역시 알고 있었다.

지금 눈앞에 있는 유하성이 얼마나 대단한 고수인지 말이다.

아빠가 초빙해 온 사람도 고수였으나 유하성에 감히 비할 바는 아니었다.

"오빠도 노력했겠지만 나도 엄청 노력했어."

"길고 짧은 건 대봐야 아는 법이랬어. 그리고 이 얘기는 나중에 하자. 너에게 줄 게 있거든."

"줄 거?"

"응. 선물!"

황주성은 은근슬쩍 화제를 돌렸다.

지난 이 년간 열심히 수련한 건 맞았다.

괜히 유하성에게 당당하게 말한 게 아니었다.

그러나 이소향을 가르친 이가 바로 그 유하성이었기에 황주성은 슬쩍 꼬리를 말았다.

"갑자기 웬 선물?"

"오랜만에 다시 만났잖아. 이런 날은 기념하기 위해서라도 선물이 있어야 해."

"나는 없는데."

"괜찮아. 주는 기쁨이라는 것도 있으니까."

황주성이 의젓하게 말했다.

자신이 오빠라는 걸 행동으로 보여 주듯이 말이다.

그런 황주성의 모습에 뒤늦게 응접실에 들어온 황주연이 조용히 웃었다.

본가에서는 전형적인 막내아들의 모습을 보여 주는 황주성이 어른스럽게 행동하자 기가 차서였다.

"나도 고민해 보고 줄게. 시간을 좀 줘."

"안 줘도 되는데."

말은 괜찮다고 했지만 황주성은 눈을 반짝거리며 잔뜩 기대하는 표정을 지었다.

최대한 빨리 받고 싶다는 듯이 말이다.

그 모습에 유하성과 황주연이 실소를 흘렸다.

"진짜?"

무당
패왕
武當霸王

"아, 아니. 다시 생각해 보니까 받고 싶어. 지금까지 받은 게 없으니까."

황주성이 더듬으며 말을 이었다.

안 받는 것보다는 그래도 받는 게 나아서였다.

"알았어. 생각해 볼게."

"그럼 내가 준비한 선물을 줄게!"

금세 밝아진 얼굴로 황주성이 요란을 떨었다.

조용히 뒤에 시립해 있던 호위무사에게 손을 내밀었던 것이다.

그러자 미리 준비하고 있었다는 듯이 호위무사가 황주성에게 자그마한 상자를 건넸다.

한눈에 봐도 고급스럽게 포장되어 있는 상자를 말이다.

"안녕?"

"어? 누나 언제 왔어?"

"방금. 근데 누나 서운하다. 나한테는 선물 하나 주지 않더니."

"그, 그게……."

갑작스러운 황주연의 등장에 황주성이 당황해했다.

하필이면 이럴 때 나타나서였다.

예기치 못한 그녀의 등장에 황주성은 마른침을 삼키며 눈알을 굴렸다.

어떤 변명을 해야 하나 고민하는 것이었다.

"나보다는 소향이가 더 좋다는 거지?"

"그게에. 그러니까 누나…….."

"한번 말해 봐. 이참에 들어 보자."

황주연이 짓궂게 물었다.

당황하는 남동생의 모습을 즐기듯이 말이다.

"다, 당연히 누나가 더 좋지! 누나는 가족이니까!"

"흐음. 그래?"

"물론이지!"

꽤나 긴 고민 끝에 황주성이 대답했다.

처음이 어려웠을 뿐 말이 나오자 그다음은 술술술 이어졌다.

하지만 청산유수처럼 이어지는 황주성의 말에도 황주연은 미심쩍은 표정을 지었다.

"근데 왜 말을 더듬었을까? 대답이 나오기까지 공백도 좀 있고."

"누, 누나가 잘못 느낀 거야! 난 안 더듬었어!"

"지금도 더듬는데?"

"아닌데?"

황주성이 격렬하게 고개를 저었다.

절대 그렇지 않다는 듯이 말이다.

목에 힘을 바짝 주고 대답하는 황주성의 모습에 황주연은 피식 웃었다.

"알았어. 일단은 넘어가 줄게. 대신 나도 기다릴 거다? 선물?"

"어……."

"뭐야? 나한테는 줄 마음이 없는 거야?"

황주연의 눈썹이 꿈틀거렸다.

낌새를 보아하니 정말 눈곱만큼도 생각한 적이 없는 듯해서였다.

"아냐! 무얼 골라야 하나 고민한 거야!"

"그래?"

"응! 정말이야!"

이번에는 꼬투리를 잡힐 수는 없다는 듯이 황주성이 망설이지 않고 대답했다.

방금 전에 황주연이 말한 공백을 최소화했던 것이다.

"알았어. 이번에는 믿어 줄게."

"진짠데. 난 다 진심으로 말한 거데."

"알았어. 그렇다고 해 둘게."

"끄응!"

황주성이 입을 삐죽 내밀었다.

말과 달리 전혀 믿는 기색이 아니어서였다.

"근데 너무 오래 기다리게 하는 거 아냐?"

"아!"

황주성이 퍼뜩 정신을 차렸다.

누나와 아옹다옹하느라 선물을 줘야 한다는 걸 깜빡해서였다.

그래서 황주성은 다급하게 몸을 돌렸다.

"여전히 사이가 좋으시네요."

"좋다기보다는, 철없는 동생을 챙기기 바쁜 거죠. 덩치만 커졌지 여전히 애라서."

유하성의 말에 황주연이 하소연하듯 말했다.

또래에 비하면 여전히 어린 티가 났기에 황주연은 작게 한숨을 쉬었다.

"너무 일찍 철이 들어도 좋지 않습니다."

"그건 그렇죠."

"차차 나아질 겁니다. 다른 아이들과 어울리다 보면요."

"그랬으면 좋겠네요."

황주연의 입가에 미소가 떠올랐다.

다른 아이들이라는 말에 이소향이 떠올라서였다.

그리고 무당산에서 대청표국으로 온 아이들과도 안면이 있기에 황주연은 기대하면 기대했지 걱정하지는 않았다.

"자! 이거 받아!"

"지금 열어봐도 돼?"

"물론이지!"

황주성이 내민 자그마한 상자를 이소향은 지그시 바라봤다.

고급스러운 비단으로 포장되어 있는 상자는 한눈에 봐도 범상치 않아 보였다.

그래서 이소향은 선뜻 손이 가지 않았다.

"왜 그래?"

가만히 바라만 보는 이소향의 모습에 황주성이 마른침을 삼키며 물었다.

혹시나 마음에 안 드는 건 아닐까 싶어서였다.

"너무 비싸 보여서. 이걸 내가 받아도 되나 싶기도 하고."

"얼마 안 해. 막 엄청 비싼 거 아냐."

"오빠 기준에서 안 비싼 거 아냐?"

"어……."

황주성의 동공이 흔들렸다.

정곡을 찔렸다기보다는 이소향이 말한 기준에 대해 명확하게 말을 하기가 힘들어서였다.

더불어 정확한 가격도 알지 못했다.

황주성이 한 거라고는 주문을 한 것뿐이었으니까.

"부담스러운 거면 나 못 받아. 이런 거 함부로 받는 거 아니라고 사부님께서 말씀하셨어."

"이, 일단 열어 봐. 직접 보면 마음이 바뀔 수도 있으니까."

"흐음."

황주성을 한차례 바라본 후 이소향은 천천히 곱게 포장되어 있는 비단을 풀었다.

이윽고 황금색 비단이 활짝 펼쳐지며 작은 목함이 모습을 드러냈다.

달칵.

왠지 모르게 긴장된 분위기 속에서 이소향은 목함을 열었다.

그러자 수수해 보이는 수투(手套) 두 짝이 이소향의 눈에 들어왔다.

"꺼내 봐."

이소향의 시선이 수투에 닿자 황주성이 조심스럽게 말했다.

두 눈으로는 연신 이소향의 표정을 살피면서 말이다.

"수투네?"

"응. 주문제작한 거야. 실력 좋은 대장장이에게 부탁해서 만든 거야."

"엄청 비싼 거 아냐?"

"그 정도까지는 아니야. 근데 쉽게 얻을 수 있는 건 아니야. 실력이 좋은 만큼 주문을 막 받아 주지는 않거든. 근데 소향이를 위해서 만들어 달라고 하니까 바로 허락했어."

"왜?"

수투가 마음에 든 모양인지 이소향은 두 손에서 놓지 않았다.

반질반질한 수투를 연신 만지작거렸던 것이다.

"소향이가 유 공자님의 제자라는 걸 대장장이도 알고 있었 거든. 패왕의 제자가 사용할 거라고 하니까 바로 만들어 주 더라고."

"사부님을 아시는 분이야?"

"그건 아냐. 아마 만나신 적 없을걸?"

황주성의 시선이 유하성에게 향하자 이소향의 고개도 자 연스레 따라갔다.

둘 다 궁금하다는 눈빛으로 유하성을 바라봤던 것이다.

"대장장이를 만난 적은 없는 것 같은데. 적어도 내 기억에 는."

"스치듯이 만났을 수도 있고, 수용소의 아이들과 인연이 있을 수도 있어요. 의외로 좁은 게 무림이잖아요. 한 다리 건 너서 아는 사이일 수도 있고요."

"그럴 수도 있겠네요."

유하성이 고개를 주억거렸다.

듣고 보니 황주연의 말도 일리가 있어서였다.

예전과 달리 그의 인간관계는 상당히 넓어져 있었으니까.

"수투만 있는 거 아냐. 안에 잘 봐."

"이건 각반이네?"

"응. 그것도 같은 대장장이가 만든 거야. 소향이는 권장지 각을 주로 사용하니까 수투랑 각반이 필요할 것 같았어."

"의외로 세심하네?"

이소향이 살짝 놀란 표정을 지었다.

선물이라고 하기에 이소향은 사실 무복이나 장신구를 생각했었다.

그것도 비싼 보석류 등을 말이다.

한데 이소향의 예상과 달리 황주성은 실용적인 선물을 주었다.

"하루 대부분의 시간을 수련하는 데 보내는 걸 알고 있으니까. 그리고 내 검을 막으려면 보호구가 반드시 필요하니까."

"피하면 되는데?"

"회피가 쉽지 않을 테니까."

황주성이 퉁명스럽게 말했다.

민망한 마음을 감추기 위해서였다.

그러나 퉁명스러운 말투와 달리 입꼬리는 귀에 닿을 정도로 올라가 있었다.

이소향이 만족해하는 기색을 보이자 기쁜 것이었다.

"그건 붙어 보면 알겠네."

"날 얕보면 큰코다칠 거야. 난 키만 자란 게 아니거든."

"오빠야말로 방심하면 큰코다칠걸? 이제는 체격으로 압박하는 방법은 안 통해."

"재미있겠네."

이소향의 도발에 황주성이 씨익 웃었다.

도전을 얼마든지 받아 주겠다는 듯이 말이다.

"그 전에 우선 착용해 보는 게 어때? 선물을 받았는데 맞는지 안 맞는지는 확인해 봐야지."

"아!"

황주성을 향해 도발적인 눈빛을 보내던 이소향이 유하성의 말에 움찔거렸다.

선물을 받아 놓고 너무 기 싸움을 벌인 거 같아서였다.

그래서 이소향은 어색하게 웃으며 뒤늦게 고마움을 전했다.

"선물해 줘서 고마워, 오빠. 잘 쓸게."

"마음에는 들어?"

배시시 웃는 이소향의 모습에 황주성이 언제 기 싸움을 벌였냐는 듯이 헤벌쭉 웃었다.

그 한심한 모습에 황주연은 말없이 고개를 저었다.

하지만 입가에는 옅은 미소가 맺혀 있었다.

의외로 두 사람이 잘 어울리는 것 같아서였다.

"응. 마음에 들어. 비싼 거 같아서 조금 부담스럽기는 한데."

"부담 갖지 마. 엄청나게 비싼 것도 아니고 강호의 보물도 아닌데. 그냥 좋은 무구 정도야."

"오빠한테는 그렇겠지만 나한테는 다르다니까."

"뭐가 달라? 내가 금와장주의 아들인 것처럼 소향이 넌 무당패왕의 하나뿐인 제자잖아. 충분히 자격이 있지."

"……말주변이 많이 늘었는데?"

"나도 열한 살이 되었으니까."

황주성이 어깨를 으쓱거렸다.

그뿐만 아니라 콧대도 세웠다.

기회가 있을 때마다 나이를 거론하는 모습에 이소향은 속으로 실소를 흘리며 수투와 각반을 착용했다.

"조금 크다."

"성장기니까 조금 큰 게 낫다고 하더라고. 연결된 줄로 줄이면 되니까. 철로 만든 게 아니라 가죽이라서 조절이 용이할 거야."

"이것도 신경 쓴 거야?"

"다, 당연하지."

이소향이 눈을 흘겼다.

말을 더듬는 걸 보니 그냥 들은 대로 고스란히 전달한 것 같아서였다.

그러나 선물이 마음에 들었기에 이소향은 모른 척 넘어가 주었다.

평소와 달리 유하성은 살짝 긴장한 얼굴로 전각 앞에 섰다.

그런데 그건 옆에 나란히 서 있던 이소향도 마찬가지였다.

전각에 살짝 걸린 노을 때문에 불그스름해진 얼굴에는 걱정이 잔뜩 서려 있었다.

"……괜찮을까요?"

"초대했다는 건 나름 자신감이 있다는 뜻 아니겠니?"

"저도 그렇게 생각하기는 하는데요. 언니들의 신분이 보통 신분이 아니라서 걱정이 돼요."

"먹을 수는 있겠지?"

유하성이 물었다.

하지만 대답을 바라는 물음은 아니었다.

정확하게는 바람에 가까운 혼잣말이었다.

"정 안 되면 제가 부엌에 들어갈게요."

"그건 그거 나름대로 자존심에 상처를 입을 거 같은데."

"그, 그런가요?"

결연한 얼굴로 입을 열었던 이소향이 토끼 눈을 떴다.

생각해 보니 유하성의 말도 틀리지 않아서였다.

초대받은 사람이 요리를 한다는 건 준비한 음식이 맛없다고 행동으로 말한 것이나 다름없었다.

"일단 들어가 보자. 냄새는 나쁘지 않으니까."

"네."

건물 밖으로 은은하게 풍겨 나오는 음식 냄새는 유하성의 말대로 나쁘지 않았다.

오히려 상당히 좋은 편이었다.

일단 무당산에서와는 달리 무언가가 터지는 폭발음은 들려오지 않았다.

그것만으로도 이소향은 상당히 긍정적이라고 생각했다.

똑똑똑.

"유 공자님!"

"어서 오세요!"

최대한 담담한 신색을 유지하며 문을 두드리자 기다리고 있었다는 듯이 두 여인이 모습을 드러냈다.

평소와 다르게 앞치마를 하고 있는 모습이었는데 그런 황주연과 제갈령령의 모습에 유하성은 물론이고 이소향도 놀랐다.

"앞치마를 하고 계시네요?"

"이게 은근히 편하더라고요. 요리의 기본 중의 기본이 청결이기도 하고요."

깜짝 놀라는 유하성을 향해 황주연이 살포시 웃었다.

앞치마를 하고 대화를 하니 살짝 부끄러워졌던 것이다.

동시에 무당산에서의 기억이 떠올랐다.

연신 폭발을 일으키고 음식을 태우던 기억 말이다.

"시장하시죠? 들어오세요. 마침 음식준비가 다 되었거든요."

武當霸王
무당
패왕

"그런가요."

"소향이도 배고프지?"

"네에."

제갈령령을 향해 이소향이 어색하게 웃었다.

아무래도 무당산에서의 기억이 너무 강렬했다.

맛있는 냄새가 났지만 이소향은 순순히 믿을 수가 없었다.

"네 분이서 직접 만드신 겁니까?"

"정확하게는 예지와 희수가 만들었어요. 저와 주연이는 보조했고요."

"저희는 연습을 해도 실력이 늘지 않더라고요. 요리도 재능이 좌지우지한다는 것만 느꼈다고나 할까요."

보조이기에 이렇게 마중을 나왔다는 듯이 제갈령령과 황주연이 말했다.

그런데 둘 다 민망해하기보다는 개운한 표정이었다.

인정하니까 편하다는 표정이라고나 할까.

"얼른 가요. 음식은 따뜻할 때 먹어야 제일 맛있어요."

"이번에는 정말 다를 테니까 기대하셔도 좋아요."

직접 만들지 않고 보조만 했음에도 두 여인의 얼굴에는 자신감이 가득했다.

초조한 기색이 눈곱만큼도 없었던 것이다.

그런 두 사람의 모습에 유하성은 살짝 기대하며 방으로 들어갔다.

"우와!"

널찍한 방 한가운데에는 원탁이 놓여 있었는데 그 위에는 온갖 산해진미가 가득 채워져 있었다.

바다와 맞닿아 있는 도시인 복주답게 해산물도 상당히 많았다.

게다가 외관도 훌륭했다.

제대로 만들었다는 듯이 냄새뿐만 아니라 담아 놓은 것도 예쁘장했던 것이다.

"딱 맞춰 오셨네요."

"서문 소저께서 다 만든 겁니까?"

"희수랑 같이 만들었어요."

"호호호."

서문예지가 싱긋 웃으며 대답했다.

그러자 옆에 있던 남궁희수가 씨익 웃었다.

자신감이 가득한 얼굴로 말이다.

"누나! 다 됐어?"

"응. 다 됐으니까 얌전히 앉아."

"난 소향이 옆에 앉을래!"

"그래그래."

유하성과 이소향이 자리에 앉자 계단에서 쿵쾅거리는 소리와 함께 황주성이 나타났다.

허기진다는 듯이 배를 두드리면서 말이다.

그러더니 냉큼 이소향의 옆에 앉았다.

"우리도 앉자."

"응."

유하성과 이소향, 황주성이 앉자 남궁희수와 서문예지, 황주연, 제갈령령도 차례대로 빈자리에 앉았다.

그러고는 잔뜩 기대하는 표정으로 유하성을 바라봤다.

얼른 먹어 보라는 듯이 네 사람 다 눈을 빛냈던 것이다.

"우선 초대해 주셔서 감사합니다."

"저희야말로 흔쾌히 와 주셔서 감사하죠. 무당산에서 못난 모습을 보였음에도 불구하고 와 주셨으니까요."

제갈령령이 민망한 표정으로 입을 열었다.

그러나 시선을 피하지는 않았다.

이번에는 정말 자신이 있어서였다.

"과거의 모습을 털어 내기 위해서라도 꼭 유 공자님을 모시고 싶었어요."

"무당산에서는 너무 급하게 요리를 배운 감이 없지 않아 있기도 했고요."

"맞아요."

남궁희수, 서문예지, 황주연이 차례대로 말했다.

제갈령령과 마찬가지로 자신감이 은은하게 서려 있는 얼굴로 말이다.

하지만 유하성의 시선을 끄는 건 수저를 놓는 시비들의 표정이었다.

지난번과 달리 시비들의 표정은 밝았다.

"이번에는 자신 있어요. 일단 외관도 괜찮고."

"향도 좋죠."

"거기에 술도 있고요. 무당산과 달리 이곳에서는 술을 구하기가 쉬우니까요."

남궁희수가 의미심장한 미소를 지으며 말했다.

술만큼 남녀관계를 빠르게 진척시키는 게 없어서였다.

속된 말로 밤과 술이 있는 한 남녀 사이에 친구는 없다고 했다.

"어머. 그건 언제 준비했대?"

"본가에서부터. 안휘성에서 유명한 술이거든. 고정공주(古井貢酒)라고."

"나 들어 봤어. 명주로 유명한 술인데."

동갑내기인 황주연이 두 눈을 동그랗게 떴다.

술에 대해 잘 모르는 그녀도 들어 본 적이 있는 술이 고정공주였다.

"그거 독주 아냐? 되게 독하다고 들었는데."

"언니도 들어 봤어요?"

"응. 워낙에 유명한 술이니까."

제갈령령이 게슴츠레한 눈으로 고급스럽게 포장된 술을 바라봤다.

저의가 심히 의심된다는 눈빛으로 말이다.

그러나 딱히 뭐라 하지는 않았다.

남녀가 가까워지는 데 술만큼 좋은 것도 없다는 걸 잘 알아서였다.

"술까지 준비하신 겁니까?"

"좋은 음식과 술은 궁합이 맞으니까요. 딱 한 잔씩만 할까요?"

남궁희수가 한 손으로 턱 하니 고정공주를 짚으며 생글거렸다.

소화라는 별호답게 남자라면 뻑 갈 수밖에 없는 미소를 지었던 것이다.

하지만 상대가 나빴다.

여자의 외모와 미소에 빠질 성격이었다면 진즉에 네 사람과 혼인을 했을 터였다.

"술은 다음에 하시죠. 소향이와 주성이도 있는데."

"술이 맛있나? 아빠는 엄청 좋아하는데."

유하성의 말에 남궁희수는 물론이고 다른 세 여인도 아쉬운 표정을 지었다.

어느 정도 예상하기는 했으나 그래도 살짝 기대했었다.

그런데 생각지도 못한 인물이 술에 관심을 보였다.

"넌 안 돼."

"알아. 나도 안 되는 거. 그냥 궁금한 거야."

"성년이 되기 전까지는 입에 댈 생각도 하지 마."

"어른이 주는 술은 마셔도 되지 않나?"

황주성이 눈을 빛냈다.

부친인 황만덕이 매일같이 마시는 게 술이었기에 내심 궁금했었다.

술은 대개 향이 독하다고 하는데 황만덕이 마시는 술은 달랐다.

하나같이 향긋하고 달콤한 향기를 풍겼기에 황주성은 맛이 너무나 궁금했다.

"장주님이 주시면 모를까 다른 사람이 주는 것도 안 돼."

"치사해. 혼자만 마시려고 하고!"

"나도 안 마시거든?"

"누나들끼리 깔 거 아냐!"

"어디서 누나한테 큰소리야? 그것도 다른 사람들 앞에서."

황주연의 눈매가 매서워졌다.

가뜩이나 날카롭던 인상이 더더욱 예리해지자 황주성이 움찔거렸다.

스스로 생각하기에도 버릇없는 행동이 맞아서였다.

"미, 미안."

"다른 분들께도 사과해."

"죄송합니다……."

키가 자라며 살이 빠지긴 했으나 그럼에도 여전히 통통한 인상의 황주성이 자리에서 일어나 허리를 숙였다.

툴툴거리면서도 의외로 고분고분한 모습에 유하성이 괜찮다는 듯이 웃었다.

"알았으니까 앉아."

"넵!"

"나이가 되면 나도 한 잔 따라 줄게."

"정말요?"

"물론이지."

생각지도 못한 말에 황주성은 물론이고 네 명의 여인들도 눈을 크게 떴다.

그 정도로 놀란 것이었다.

"저, 저도 사부님과 함께 마시고 싶어요."

"소향이도?"

"네!"

근데 그게 질투가 나는 모양인지 이소향이 다급하게 입을 열었다.

지금은 안 되지만 나중에 나이가 차면 이소향도 유하성과 술잔을 기울이고 싶었다.

과거 유하성이 사조인 명운과 함께 술을 마셨던 것처럼 말이다.

"그래. 소향이가 성년이 되면."

"약속하신 거예요?"

"물론이지. 술을 같이 마시는 게 뭐 어렵다고."

유하성이 빙긋 웃었다.

같이 마시자는 말이 귀엽기도 했지만 과거의 기억이 떠올라서였다.

무당산 외진 곳에서 명운과 함께 술을 마시던 기억이 말이다.

그때는 좀 처량하다고 생각했는데 지금은 달랐다.

'운치 있었지.'

추억은 미화되기 마련이라지만 유하성의 생각은 달랐다.

미화되는 게 아니라 그때는 보지 못하고 느끼지 못했던 것을 알게 되는 거라고 생각했다.

그리고 그 기분을, 추억을 이소향에게도 남겨 주고 싶었다.

먼 훗날 그가 명운처럼 죽더라도 이소향이 기억할 수 있게 말이다.

"헤헤헤."

"그게 그렇게 기분 좋아? 아직 먼일인데도?"

"네! 사부님과 함께하는 거니까요. 제 첫 술을요!"

"첫 술일지 두 번째일지는 아직 모르는 거지."

"아니에요! 분명히 첫 번째일 거예요!"

이소향이 장담하듯 말했다.

사부가 주는 술이 아니면 아무리 어른이 주더라도 마시지 않을 생각이었다.

심지어 명천이나 명덕이 따라 주더라도 말이다.

"그럼 난 두 번째 할래!"

"오빠랑?"

"응!"

그런데 유하성과 이소향의 대화에 황주성이 슬그머니 참여했다.

첫 번째는 유하성이니 양보하겠지만 두 번째만은 포기할 수 없다는 듯이 말이다.

"흐응."

하지만 황주성의 마음과 달리 이소향은 곧바로 수락하지 않았다.

미간을 살짝 좁히고서 고민하듯 눈썹을 꿈틀거렸다.

굳이 황주성하고 술을 마셔야 하나 싶어서였다.

그 모습에 황주성이 초조한 듯이 마른침을 삼켰다.

"왜에? 두 번째는 괜찮지 않아?"

"고민해 볼게."

"치이!"

황주성이 양 볼을 부풀렸으나 이소향의 결정은 바뀌지 않았다.

꼭 지금 결정해야 하는 것도 아니었기에 이소향은 황주성이 실망하거나 말거나 신경 쓰지 않았다.

"그럼 먹어 볼까?"

"네!"

대신 유하성을 보며 활짝 웃었다.

김이 모락모락 올라오는 산해진미를 찬찬히 둘러보면서 말이다.

하나같이 다 맛있어 보였기에 무엇부터 먹을지 결정하기가 어려웠다.

"일부러 소량씩 했어요. 다양하게 맛보실 수 있도록요."

"그렇게까지 하실 필요는 없는데."

"자랑도 할 겸 해서요. 호호호."

남궁희수가 자신만만하게 웃었다.

오늘만은 자신 있다는 듯이 말이다.

"한번 드셔 보세요."

남궁희수와 같이 대부분의 요리를 만든 서문예지가 잔뜩 기대하는 표정으로 음식을 권했다.

얼른 먹어 보라는 듯이 말이다.

그런 서문예지의 시선을 받으며 유하성은 찬찬히 원탁 위에 놓여 있는 음식들을 살펴봤다.

찜, 탕, 조림, 볶음, 튀김 등등 다양한 재료를 이용한 진수성찬이 원탁을 가득 채우고 있었는데 도리어 그래서 손이 선뜻 가지 않았다.

"흐음."

너무 많아서 고르기에 힘들다고나 할까.

그중 유하성은 간단하게 먹을 수 있는 생선튀김에 젓가락을 뻗었다.

아무래도 내륙지역인 무당산에서 먹기 힘든 게 바다 생선이었기에 유하성은 한 번 튀긴 후 양념을 뿌린 음식을 젓가락으로 집어서 입에 넣었다.

"어, 어떠세요?"

서문예지가 긴장한 눈빛으로 물었다.

요리에 자신은 있지만 그래도 혹시 몰라서였다.

음식만큼 개개인의 취향이 갈리는 것도 없기에 서문예지는 긴장하며 유하성을 바라봤다.

"맛있는데요?"

"정말요?"

"네. 진짜 맛있어요."

"하아!"

담담하지만 진심이 서린 유하성의 대답에 서문예지가 안도의 한숨을 내쉬었다.

그리고 그건 옆에 앉아 있던 남궁희수도 마찬가지였다.

몇 번 시험 삼아 시비들과 가문의 무사들에게 먹여 봤지만 사람 입맛이라는 게 가지각색이었다.

또 시비들과 무사들은 주종관계였기에 냉정한 평가를 기대하기 힘든 점도 있었다.

"저도 먹어볼래요."

"나도!"

이 자리에서 가장 연장자는 유하성이었기에 수저를 들 때까지 기다렸던 이소향이 냉큼 젓가락을 들어 닭을 통째로 튀긴 요리를 집었다.

야무지게 젓가락으로 살을 발라내서는 입에 쏙 집어넣었던 것이다.

그런 이소향을 따라 황주성도 똑같은 음식을 선택했다.

"마, 맛있어요!"

"괜찮은데?"

이소향의 두 눈이 휘둥그레졌다.

생각했던 것보다 훨씬 더 맛있어서였다.

반면에 황주성의 반응은 그저 그랬다.

워낙에 고급 요리를 자주 먹었기에 이 정도 음식은 황주성에게 있어 평범한 수준이었다.

"이게 괜찮다고?"

"응. 그냥 무난한 정도? 집에서 먹는 음식에 비하면."

"그건 숙수들이 만든 거잖아. 이건 언니들이 만든 거고. 당연히 차이가 있을 수밖에 없지."

"그렇긴 한데."

"숙수가 아닌데 이 정도면 진짜 잘 만든 거지. 무당산에 있을 때와 비교하면 엄청나게 성장한 거고."

네 명의 여인이 동시에 흐뭇한 표정을 지었다.

이렇게 똑 부러지게 말해 주니 제대로 칭찬을 듣는 것 같아서였다.

"소향이 말이 맞아. 정말 많이 느신 거지."

"감사합니다."

유하성도 놀랍다는 듯이 말했다.

그 정도로 음식 솜씨가 엄청나게 늘었다.

처음 요리하던 것에 비하면 말이다.

그리고 그건 달리 말하면 그만큼 네 사람이 정말 많이 노력했다는 걸 뜻했다.

'나를 위해서 말이지.'

유하성은 순간 가슴이 두근거렸다.

네 사람이 이렇게나 노력한 이유가 자신 때문이라는 사실을 잘 알아서였다.

심지어 유하성은 네 명에게 확실한 대답을 해 준 것도 아니었다.

"이것도 드셔 보세요."

"아, 네."

자신감이 생긴 남궁희수가 다른 요리들을 권했다.

특히 자신이 주로 만든 요리들을 말이다.

그러면서 그녀는 눈을 반짝였다.

유하성이 먹는 걸 보며 평가를 기다렸던 것이다.

"맛있네요."

"정말요?"

"네. 간이 잘 맞는데요. 재료 본연의 향과 맛도 잘 살렸고요. 특히 짜지 않은 게 정말 좋습니다."

"하아."

마지막 말에 남궁희수가 두 손을 모으며 안도의 숨을 내쉬었다.

평소 화식을 피하고 벽곡단으로 끼니를 때우는 게 유하성이었다.

그렇다 보니 간에 정말 민감했다.

간이 아예 안 되어 있는 벽곡단을 주로 먹으니 미세한 간의 차이를 귀신같이 알아차렸던 것이다.

"저를 위해 만들어 주셔서 감사합니다."

"아……."

이어지는 유하성의 말에 네 명의 동공이 더 이상 커지기 힘들 정도로 커졌다.

설마하니 유하성이 이렇게 한 명 한 명과 눈을 마주하며 말해 줄 줄은 몰라서였다.

그녀들이 알고 있는 유하성은 상당히 무뚝뚝한 남자였다.

또한 이소향이 아니면 감정표현을 거의 하지 않는 남자였는데 이렇게 상냥하게 감사 인사를 전하자 네 명 다 어쩔 줄을 몰라 했다.

무당
패왕

"히히! 누나들 얼굴 빨개졌어!"

"오빠. 이럴 때는 그냥 얌전히 있는 거야. 봐도 못 본 척하면서."

"왜 그래야 해?"

"그걸 말해 줘야 해?"

이소향이 눈을 흘겼다.

모르면 시키는 대로 하기라도 해야 하는데 황주성은 눈치가 없는 건지 생각이 없는 건지 큰 목소리로 반문했다.

"말 안 해 주면 난 모르는데."

"지금은 조용히 있어. 목소리 낮추고."

"이미 늦었어. 다 들리거든."

"우와악!"

황주성이 비명을 질렀다.

누나의 섬섬옥수와도 같은 손가락이 옆구리를 예리하게 파고들어서였다.

본능적으로 황주성이 몸을 움츠렸으나 이미 피하기는 늦었다.

"우리 주성이는 참 눈치가 없어. 이제는 좀 생길 때도 되었는데 말이야."

"사, 살려 줘, 누나!"

"누가 보면 내가 때리는 줄 알겠네."

"으갸악!"

황주성이 괴성을 질렀으나 누구 하나 신경 쓰지 않았다.

이들에게는 일상인 모습이었기 때문이다.

심지어 유하성조차 그러려니 하면서 식사를 이어 갔다.

이소향에게 생선의 살을 발라 주면서 말이다.

"제가 먹을 수 있는데……."

"그래도 혹시 모르니까."

"감사합니다."

말은 괜찮다고 하지만 이소향의 입매는 부드럽게 휘어져 있었다.

이렇게 누가 자신을 챙겨 주는 게 나쁘지 않아서였다.

화창한 오후에 유하성은 정문이 훤히 내려다보이는 전각의 지붕에 앉아 있었다.

바람이 시원하기도 했지만 대청표국의 정문을 보기 위해서였다.

처음 왔을 때에는 새로 짓긴 했지만 사람이 없어 묘하게 을씨년스러운 분위기가 있었는데 지금은 완전히 달랐다.

문전성시라는 말이 절로 떠오를 정도로 찾아오는 이들이 많아졌다.

"표사들뿐만 아니라 표두급들도 이적을 문의한다고 했었

지."

현재 대청표국의 규모는 그리 크지 않았다.

무당산에서 아이들이 함께 오기는 했으나 솔직히 그중에 실질적으로 도움이 되는 인원은 별로 없었다.

숙련된 표사는커녕 쟁자수들도 없는 형편이었다.

표두는 단 한 명도 없고 대표두만 있었고.

하지만 지금은 달랐다.

백현승과 곽두일이 재건을 위해 귀환하자 대청표국과 인연이 깊던 이들이 고향으로 돌아오는 연어처럼 이직해 왔고, 그건 곧 표두급으로 이어졌다.

"너무 급격하게 덩치를 키우는 건 좋지 않지만 어느 정도 뽑을 필요는 있지."

십대표국에 잠시 맡겨 두었던 거래처들이 괜히 대청표국을 못 미더워했던 게 아니었다.

규모도 규모지만 대청표국의 능력을 믿을 수가 없어서였다.

백현승이 많이 자라기는 했으나 표국주로서의 경험은 일천했고.

게다가 백현승은 소국주였으나 표행을 나선 경험은 그리 많지 않았었다.

"그래도 빨리 제자리를 찾아가고 있으니."

유하성이 빙긋 웃었다.

처음에는 그 역시 걱정했었다.

티를 안 냈을 뿐.

그런데 금와장과 남궁세가, 제갈세가, 서문세가가 일을 맡기면서 반전이 일어났다.

대청표국의 역량을 대외적으로 보여 주면서 더불어 네 곳과도 인연이 상당함을 증명했던 것이다.

그 결과가 지금의 모습이었다.

"보기 좋네."

유하성의 얼굴에 흡족한 미소가 떠올랐다.

폐허였던 대청표국이 다시 기지개를 켜는 모습을 보자 그렇게 뿌듯할 수가 없었다.

어깨를 짓누르던 부담감이 조금은 가시는 느낌이라고나 할까.

물론 이 모든 게 그 혼자 이뤄 낸 건 아니지만 그래도 그의 덕이 아예 없는 건 아니었다.

"흐음."

사람들이 끊임없이 오가는 정문을 일별하며 유하성이 고개를 돌렸다.

네 명의 여인들이 머무는 별채 쪽을 바라봤던 것이다.

"혼인이라."

유하성이 자기도 모르게 중얼거렸다.

언제까지고 지금처럼 지낼 수는 없었다.

이미 오랫동안 기다리게 하기도 했고.

물론 사랑이라는 감정은 거래처럼 주고받는 게 아니었다.

얼마만큼 주면, 그만큼 받을 수 있는 게 아니었다.

하지만 최소한 이유는 있어야 했다.

툭. 툭. 툭.

지붕 위에 비스듬히 앉은 채로 유하성은 손가락을 두들겼다.

한 살 한 살 나이를 먹어 감에 따라 유하성은 생각하는 것도, 시야도 넓어졌다.

그리고 혼자만이 아닌, 다른 사람도 생각하기 시작했다.

명운을 보내고 유하성은 이 세상에 자신만 남았다고 생각했었다.

유일하게 가족이라 생각했던 명운이 떠났으니까.

그러나 그건 착각이었고, 유하성에게는 새로운 가족이 생겼다.

'이제는 진심이라는 것도 알았으니까.'

처음 제갈령령이 고백했을 때가 떠올랐다.

그때는 참 당돌하고 당차다고 생각했었다.

이왕 정략결혼을 해야 한다면 자신이 선택하겠다고 말하던 제갈령령이 아직도 생생히 기억났다.

그리고 남궁희수와 서문예지는 그런 제갈령령보다 더한 모습을 보여 주었다.

"허허허."

그날의 기억을 떠올리자 유하성은 자기도 모르게 헛웃음이 나왔다.

다른 곳도 아니고 남궁세가와 서문세가였다.

특히 남궁세가주의 유일한 딸인 남궁희수가 그렇게 도발적으로 나올 줄은 정말 꿈에도 예상하지 못했다.

하지만 그땐 진심이라고 생각하지 않았었다.

'가문을 위해서라고 생각했으니까.'

어떻게 보면 남궁희수도 제갈령령과 마찬가지였다.

어차피 정략결혼을 해야 한다면 가장 나은 선택지를 고르는 게 맞았다.

그게 자신이었고 말이다.

어쩌면 그래서 더더욱 거리를 두었는지도 몰랐다.

남자와 여자가 아닌, 가문과 고수의 만남이라고 생각했으니까.

거기다 남궁수가 대놓고 권했기에 더욱더 꺼려졌었다.

'그런데 왜 싸우지 않지?'

유하성이 고개를 갸웃거렸다.

초반에는 상당히 날 선 대화들이 오갔었던 걸로 그는 기억했다.

한데 지금은 달랐다.

여전히 옥신각신하기는 하지만 사이가 그리 나빠 보이지

는 않았다.

'선의의 경쟁인가.'

직접적으로 물어보기에는 민망했기에 유하성으로서는 추측할 수밖에 없었다.

그러나 답을 도출해 내지는 못했다.

"후우."

만약 혼인을 하게 된다면 네 명 중 한 명을 선택해야 했다.

물론 명천과 이춘상의 말대로 넷 모두와 혼인하는 방법도 있었다.

하지만 그건 정말 최후의 방법이었다.

또 욕심이었고.

'네 사람이 동의한다면 모르겠지만, 그건 넷의 문제고. 중요한 건 내가 감당할 수 있느냐겠지.'

처음에는 네 사람의 마음을 의심했었다.

더불어 스스로에 대한 자신도 없었고.

또한 왜 네 명의 여인들이 그에게 관심을 보이는지도 알지 못했다.

네 사람 정도면 굳이 그에게 매달릴 거 없이 스스로 눈에 차는 남편감을 고를 수 있었으니까.

'그래서 시간이 지나면 자연스럽게 정리될 줄 알았는데.'

사실 유하성은 네 사람이 떠난다고 했을 때 자연스럽게 인연도 정리될 거라 생각했었다.

그가 나이를 먹는 것처럼 네 여인도 나이를 먹어서였다.

결혼적령기라는 게 아무래도 여자가 더 어릴 수밖에 없기에 같은 시간이라고 하더라도 체감은 다를 수밖에 없었다.

더욱이 하나같이 명문세가 가주들의 딸이지 않던가.

그러나 결과는 예상과 달랐다.

모두 다 각자의 길을 갈 거라는 유하성의 예상과는 달리 네 명 중 단 한 명도 포기하지 않았다.

여전히 제자리에서 유하성을 기다렸다.

'그러니 나도 확실하게 해야겠지.'

조금의 변함도 없이 제자리에 서서 자신을 바라보는 네 여인의 모습에 유하성의 마음에도 파문이 일었다.

또 이소향을 키우면서 느끼는 것도 있었다.

가정을 꾸린다는 게 어떤 의미인지 간접적으로 느꼈던 것이다.

그리고 언제까지고 무당산에 머무를 수는 없었다.

"언젠가는 떠나야겠지."

명천은 물론이고 당대 장문인 무율조차도 유하성에게 떠나라는 말을 하지 않았다.

하지만 유하성도 알고 모두가 알았다.

언젠가는 그가 무당산을 떠나게 되리라는 것을 말이다.

"벌써 대청표국을 떠나게? 설마 곧바로 무당산으로 돌아가는 거야?"

무당
패왕
武當霸王

"왔냐?"

"허어. 며칠 새에 분위기가 완전히 달라졌네?"

유하성의 옆으로 이춘상이 내려섰다.

며칠 떠나 있었다고 머리가 봉두난발이 되어 있었는데 그에 못지않지 않게 몰골도 꾀죄죄했다.

"이유는 말 안 해도 알지?"

"당연하지. 나 개방의 후개야. 내가 알고자 해서 못 알아낼 건 없어. 복건성이라고 해도 말이지."

"하오문주랑 흑점주는 못 찾았잖아."

"그건 새외로 도망쳤잖아. 새외무림은 제아무리 개방이라고 해도 힘들어. 본 방뿐만 아니라 금와장도 힘들걸?"

이춘상은 뻔뻔하게 인정했다.

안 되는 건 깔끔하게 인정하겠다는 듯이 말이다.

"방주님은 잘 지내시나?"

"개방 일에 왜 이렇게 관심이 많을까? 평소에는 묻지도 않더니."

"그냥 문득 떠올라서. 이제는 연세가 적지 않으시잖아."

"너무 정정해서 문제다. 그나마 조금 달라진 게 있다면 드시는 술의 양이 줄었다는 것 정도? 근데 그건 술을 못 구해서 줄어든 걸 수도 있어서. 근데 왜 대답 안 해? 무당산으로 돌아가는 거야?"

"아직. 온 지 얼마나 됐다고 벌써 가."

유하성이 고개를 저었다.

네 여인들의 도움으로 생각했던 것보다 빠르게 자리를 잡아 가고 있지만 그렇다고 떠날 정도는 아니었다.

애초에 어느 정도 기간을 내심 정해 놓고 출발하기도 했고.

"그럼 어딜 떠난다는 거야? 설마 네 곳 중 한 곳으로? 마음을 결정한 거야? 그런 거야?"

이춘상이 두 눈을 희번덕였다.

그러고는 음흉하게 웃으며 팔꿈치로 유하성의 옆구리를 찔렀다.

"뭐야, 그 눈빛은?"

"뭐긴. 친구를 응원하는 눈빛이지. 나는 참고로 네가 사내대장부이길 진심으로 바라고 있다고. 자고로 남자라면, 영웅이라면 삼처사첩 정도는 누려 줘야지! 네가 본보기로 보여 줘야 현승이도 당당하게 뒤따르지 않겠어?"

"여전하구만."

"그래서 어떤 결정을 내렸는데? 혹시 한 명? 그럼 실망인데."

이춘상이 은근슬쩍 유하성의 자존심을 건드렸다.

말투뿐만 아니라 눈빛으로도 유하성을 압박했던 것이다.

"아직 결정 안 내렸는데. 생각은 해 봤지만."

"어떤 생각?"

무당
패왕

"가정을 꾸리는 것도 나쁘지는 않겠다?"

"그렇지. 남자라면 대를 잇기 위해서라도 장가는 가야지. 나처럼 못 하는 것도 아닌데."

마음에 드는 대답은 아니었지만 그럼에도 이춘상은 맞장구를 쳐 주었다.

이렇게 시작해서 나쁠 건 없었다.

일단 생각이 조금이지만 바뀌기 시작했다는 사실에 이춘상은 의의를 두었다.

남녀사이라는 게 지지부진하다가도 어느 순간 확 기울거나 불타오르기도 하니까.

"우선은 이 정도야. 진심을 알기도 했고."

"참 오래도 걸렸네. 듣자 하니 요리 실력이 엄청 늘었다던데. 어떻게, 나도 기회가 있는 건가?"

"궁금하면 물어봐."

입맛을 다시는 이춘상의 모습에 유하성이 피식 웃었다.

날카로운 듯하면서도 덤벙거리는 게 이춘상다워서였다.

"우와!"

잔잔한 파도에 따라 이리저리 흔들리는 배의 움직임에 이소향이 탄성을 터트렸다.

복주에 와서 바다는 몇 번 봤었다.

해변을 거닐기도 했었고.

하지만 배를 타는 건 처음이었기에 이소향은 모든 게 신기했다.

"장강이나 황하에서 타는 거랑 별로 차이 안 나네."

"느낌은 비슷해?"

"응. 산이 안 보이는 것 빼고는 거의 똑같은데?"

반면에 황주성은 대수롭지 않다는 듯이 말했다.

별로 놀랄 것도 없다는 듯이 말이다.

제88장 뱃놀이하다 생긴 일

"바다는 너도 처음이면서."

"배가 거기서 거기지."

"아니거든?"

거드름을 피우는 황주성의 모습에 황주연이 기가 차다는 듯이 코웃음을 흘렸다.

이소향 앞이라고 잘난 체하는 게 너무 훤히 보여서였다.

하지만 정작 이소향은 두 남매가 그러거나 말거나 전혀 신경 쓰지 않았다.

탁 트인 바다와 발바닥에서 느껴지는 파도에 온 신경을 집중했다.

"해변에서 보는 것하고는 완전 달라요."

"그러네."

"사부님도 배는 처음이세요?"

"바다에서 타는 건 처음이야. 강에서는 몇 번 타 봤지만. 이 감각을 잘 기억해야 해. 선상전투는 완전히 다르거든."

"아!"

이소향이 눈을 반짝거렸다.

바다에 온 시선을 빼앗긴 나머지 미처 그 부분을 생각하지 못했다.

그리고 뒤이어 떠올랐다.

땅 위에서 싸우는 것과 배 위에서 싸우는 건 완전히 다르다는 사실을 말이다.

"수백 명이 탈 수 있는 큰 배는 진동이 그리 크지 않지만 지금 우리가 타고 있는 배는 달라. 몇 명만 뛰어다녀도 출렁 거림을 느낄 수 있어."

"여기에 천근추를 펼치면."

갑판 한가운데 있던 이춘상이 히죽 웃으며 옆으로 이동했다.

그러자 배가 순식간에 기울어졌다.

이춘상이 천근추를 펼치자 배가 한순간에 기우뚱거렸던 것이다.

"으아악!"

갑자기 배가 기울자 황주성이 비명을 질렀다.

나름 배를 자주 탔지만 이렇게 기울어진 적은 처음이어서였다.

그래서 황주성은 체면도 잊고 난간을 움켜쥐며 소리를 질렀다.

"크흐흐흐!"

"그쯤 해."

"안 그래도 그러려고 했어. 그리고 이것도 다 경험이야. 언제 이런 걸 겪어 보겠어?"

"뭐, 그렇긴 하지."

키득거리던 이춘상이 천근추를 풀었다.

그러자 배가 천천히 균형을 잡아 갔고, 해쓱해지던 황주성의 안색이 본래의 신색으로 돌아왔다.

"근데 주성이는 겁쟁이네. 고작 이 정도로 세상이 떠나가라 비명을 지르다니."

"아, 안 그랬는데요!"

"안 그러긴. 내가 듣고 소저들이 듣고, 소향이도 들었는데."

"헉!"

황주성이 창백한 얼굴로 입을 쩍 벌렸다.

그러고는 흔들리는 눈으로 이소향을 쳐다봤다.

눈알만 굴려서 이소향의 표정을 살폈던 것이다.

"나도 들었어."

"으윽!"

아니길 바랐으나 이소향은 냉정하게 말했다.

황주성이 내지른 비명을 다 들었다는 듯이 말이다.

"나이 어린 소향이는 소리도 안 질렀는데."

"……."

이어지는 이춘상의 말에 황주성이 울상을 지으며 고개를 돌렸다.

땅이 꺼져라 한숨을 쉬며 배의 구석으로 이동했던 것이다.

"크하하하!"

그 모습에 이춘상이 박장대소했다.

다른 아이들과 달리 황주성은 놀리는 맛이 있어서였다.

놀리는 족족 반응을 보이니 그만둘 수가 없었다.

"애 울겠다."

"이 정도로 울면 안 되지. 사내대장부가. 안 그래? 주성이는 대장부가 되고 싶지 않아?"

"곧 될 거예요."

유하성이 말리듯이 말하자 이춘상도 좀 심하다고 생각했는지 슬그머니 황주성에게 다가갔다.

그러자 황주성이 개미 목소리만큼 작게 대답했다.

"맞아. 주성이도 될 수 있어. 난 그렇게 생각해."

"정말요?"

"물론이지. 일단 체격부터가 딱 남자다워. 벌써부터 덩이 보이고 있으니."

"……배가 나왔다고 놀리는 거죠?"

"눈치챘어?"

황주성이 다시 울상을 지었다.

그러더니 아예 고개를 돌렸다.

더 이상 상대하지 않겠다는 뜻이었다.

하지만 이춘상은 그런 황주성의 모습에도 다가가서 간지럼을 태웠다.

"으아악!"

"삐지지 마. 이 뱃살이 점차 키로 갈 테니까. 그리고 키가 작고 배가 나온 것보다 일단은 키가 큰 게 낫지 않아? 뱃살은 수련 열심히 하면 빠지게 되어 있어. 느리긴 해도 점차 빠지고 있잖아?"

"그, 그만해 주세요!"

"후후후!"

어떻게든 빠져나가려고 아등바등하는 황주성을 이춘상은 히죽 웃으며 놓아주었다.

그러고는 자연스럽게 황주성의 귀에 입을 가져갔다.

"너 소향이 좋아하지?"

"헉!"

"근데 그렇게 해서는 백날 해도 소용없다."

이춘상의 귓속말에 황주성이 경기를 일으키듯 몸을 부르

르 떨었다.

가슴속 깊은 곳에 꾹꾹 숨겨 놓은 비밀을 이춘상이 알고 있어서였다.

그래서인지 황주성의 동공이 격렬하게 흔들렸다.

"어, 어떻게?"

"쉬잇! 네 입으로 지금 여기서 말할 생각이야? 이 좁은 배 위에서?"

"헙!"

속닥거리는 이춘상의 말에 황주성은 반사적으로 두 손을 이용해 스스로의 입을 막았다.

번개와 같은 속도로 말이다.

동시에 어떻게 알았냐는 눈빛으로 이춘상을 쳐다봤다.

"나 정도 되면 그냥 보이지. 이래 봬도 내가 전문가야. 하성이랑은 다르단 말이지. 그래서 참 답답해. 어찌 이리도 모를까."

"시행착오를 겪어 가며 배우는 게 인생이에요."

"황 소저 말도 맞습니다. 그런데 제가 보기에는 답답한 게 사실이라서요. 이거 원, 남매가 똑같으니."

동생을 도와주고자 입을 열었던 황주연의 얼굴이 새빨개졌다.

이춘상이 무엇을 말하는지 알아서였다.

그래서 황주연은 순간적으로 말문이 막혔다.

"근데 전 모두 응원합니다. 이거 하나만은 알아주세요."

"……네에."

이춘상은 채찍만 휘두르지 않았다.

은근한 어조로 자신은 조력자임을 밝혔다.

그런데 정작 당사자라 할 수 있는 유하성은 이춘상에 전혀 관심이 없었다.

오직 이소향의 옆에만 붙어 있었다.

"뱃놀이하니까 어때?"

"좋아요. 탁 트인 전경도 좋고, 부드럽게 출렁거리는 느낌도 좋고요. 근데 아까 전에 삼촌이 했던 것처럼 배가 갑자기 기울면 확실히 싸우기가 쉽지 않을 것 같아요."

이춘상이 천근추를 펼쳤던 때를 떠올리는 모양인지 이소향이 자신 없는 표정을 지었다.

그러면서 새삼 경험의 중요성을 깨달았다.

괜히 산전수전이라는 말을 쓰는 게 아니라는 걸 말이다.

"연습은 호수에서도 할 수 있어. 나무판자 하나 띄워 놓고 그 위에서 움직이는 수련을 하면 되니까."

"아!"

"물론 그 전에 수영부터 배워야겠지만."

"개헤엄은 할 줄 알아요."

이소향이 얼굴을 붉히며 대답했다.

수영을 정식으로 배운 적은 없지만 그래도 간단하게 헤엄은 칠 줄 알았다.

최소한 물에 가라앉지는 않는다고나 할까.

"계곡이나 호수에서 수영하는 거랑 바다는 달라. 바다의 파도는 정말 예측불허거든. 바람에 따라 파도의 높이도 다르고 깊이에 따라 흐름도 다르고. 겉으로 보이는 것과 정반대의 흐름을 보이기도 하는 게 바다거든."

"수공을 배워야 할까요?"

잔뜩 긴장한 얼굴로 이소향이 물었다.

얘기를 들으니 정말 위험한 것 같아서였다.

두 개의 얼굴을 가지고 있는 듯한 느낌이었다.

"그 정도까지는 아니더라도 익숙해져서 나쁠 건 없지. 강호에서는 어떤 일이 벌어질지 아무도 모르니까. 지금처럼 맑은 하늘이 갑자기 어두워지며 폭풍우가 휘몰아치기도 하고. 나도 직접 겪어 본 적은 없어서 정확하게 설명해 주기는 힘들지만. 근데 멀미는 안 나니?"

"네! 괜찮아요!"

이소향이 씩씩하게 고개를 끄덕였다.

보통 배를 처음 타면 뱃멀미를 하기 마련인데 이소향은 그런 기색이 전혀 없었다.

오히려 생전 처음 하는 뱃놀이에 그 어느 때보다 신나 했다.

"다행이네. 혹시나 뱃멀미를 하면 어쩌나 했는데."

"저는 뱃멀미를 하는 체질이 아닌 것 같아요. 헤헤."

"좋은 거야. 무인들 중에서도 뱃멀미로 고생하는 이들이 제법 있거든."

유하성의 뇌리로 원호가 떠올랐다.

호랑이도 잡아먹을 것처럼 생긴 게 원호인데 의외로 뱃멀미를 심하게 했다.

배를 탄다고 하면 학을 뗄 정도로 말이다.

"아 참! 언니한테 감사 인사 한다는 걸 깜빡했어요!"

난간을 붙잡고 서 있던 이소향이 황주연에게 달려갔다.

이 배를 구해 온 게 황주연이어서였다.

유하성은 순식간에 멀어지는 이소향의 뒷모습을 보며 흐뭇한 미소를 지었다.

사 년 넘게 무당산에서만 지냈기에 답답한 걸 풀어 주려 오늘의 시간을 만들었는데 다행히 좋아하는 것 같아서였다.

"저희도 초대해 주셔서 감사해요."

"유 공자님과 함께 나와서 더 좋은 거 같아요."

"장강이나 동정호에서 배는 타 봤지만 바다는 처음인 거 같아요. 복주에 온 게 난생처음이기도 하고요."

이소향이 황주연에게 달려가자 제갈령령과 남궁희수, 서문예지가 슬그머니 다가왔다.

기다렸다는 듯이 눈을 마주하면서 말이다.

"여기까지 오셨는데 바깥바람은 한번 쐬어야지요. 이렇게 말하는 저도 배를 타는 건 처음이지만요."

유하성이 머쓱하게 웃었다.

세 사람과 달리 유하성은 복주에 온 것만 세 번째였다.

그러나 바닷가는 자주 왔어도 지금처럼 배를 타는 건 그 역시 처음이었다.

"정말요?"

"네. 뱃놀이 자체가 처음입니다."

"그 처음을 저와 함께하시는 거네요."

놀라는 제갈령령과 달리 남궁희수는 당당하게 치고 들어왔다.

은근슬쩍 자신과 유하성을 엮었던 것이다.

그런 남궁희수의 발언에 제갈령령이 눈을 곱게 흘겼다.

"저도 처음이에요. 뱃놀이를 그리 좋아하지 않아서요. 물을 무서워하기도 하고요."

"그러신가요."

거기에 서문예지도 참전했다.

은근히 겁이 난다는 표정으로 유하성에게 몸을 가까이했던 것이다.

하지만 그걸 알면서도 유하성은 피하지 않았다.

"어?"

"왜 그래, 언니?"

"저기 까만 거, 배 아냐?"

"어디?"

그때 제갈령령이 미간을 좁히며 바다 한복판을 가리켰다.

길고 가느다란 손가락으로 동쪽을 가리키자 모두의 시선이 그곳으로 향했다.

"진짜 배인데?"

"어부들의 배 아닌가요?"

"그러기에는 너무 다닥다닥 붙어 있지 않아?"

제갈령령이 안력을 집중했다.

거리가 상당했으나 지난 시간 동안 제갈령령은 허송세월을 보내지 않았다.

무공수련에도 힘을 쏟았기에 거리가 상당했지만 희끗하게는 보였다.

특히 그녀는 배의 가장 높은 곳에 매달려서 펄럭이는 깃발에 집중했다.

"해적선?"

"나도 봤어."

"진짜 해적선이네요."

잠시 후 세 여인이 동시에 눈을 휘둥그레 떴다.

해적이 기승을 부린다는 소식은 세 사람도 알고 있었다.

산에는 산적이 있고, 강에는 수적이 있는 게 중원이기에 바다에서 해적이 나타난 게 그리 놀랍지는 않았다.

다만 신기한 건 이렇게 직접 마주쳤다는 점이었다.

"저기에서도 몰려오는데?"

"어머? 진짜네?"

그런데 해적들의 무리는 하나가 아니었다.

남동쪽에서도 상당한 숫자의 배가 몰려오고 있었다.

제갈령령이 발견한 해적선보다는 크기가 작았지만 숫자는 더 많았다.

그걸 가장 먼저 발견한 이춘상이 어쩔 거냐는 듯이 유하성을 쳐다봤다.

"못 봤다면 모를까 봤는데 그냥 지나칠 수는 없지."

"그런데 저 녀석들은 배짱도 좋다. 어떻게 복주 앞바다에서 약탈을 할 생각을 하지? 여기에만 복건성 십대표국이 전부 모여 있는데."

"치고 빠지려는 속셈이겠지. 바다에서의 전투는 해적들이 더 유리할 테니까."

"하긴. 왜구들도 심심찮게 나타나는 게 복건성이니."

정면대결로는 제아무리 해적들의 숫자가 많아도 표국이나 문파들의 상대가 되기 힘들었다.

하지만 그건 뭍에서 정정당당하게 싸울 때의 얘기였다.

배를 타고 하는 선상전투라면 얘기가 살짝 달랐다.

"선장님. 선착장으로 돌아갔으면 합니다."

"지금 당장 배를 돌리겠습니다!"

뱃놀이를 위해 나왔다는 걸 알기에 쥐 죽은 듯이 얌전히

武當霸王
무당
패왕

있던 선장이었으나 그렇다고 대화를 못 들은 건 아니었다.

더욱이 그는 복주에서 활동하는 사람이니만큼 해적에 대해서는 잘 알았기에 곧바로 뱃머리를 돌렸다.

"저희가 먼저 도착하겠죠?"

"예. 거리도 거리지만 짐을 싣고 있지는 않으니까요. 해적선들이 꽤 빠르긴 하지만 이 배보다 빨리 해변에 도착하지는 못할 겁니다."

"다른 이들에게도 알려야 하니까 부탁드립니다."

"걱정 마십시오!"

선장이 호기롭게 소리치며 선원들에게 빠르게 지시를 내렸다.

그러나 두려워하는 기색은 없었다.

지금 그에게 부탁하는 이가 유하성이었고, 그 옆에는 개방의 후개인 이춘상이 있었다.

"오랜만에 몸 좀 풀겠는데? 특히 이런 일이라면 절대 이 몸이 빠질 수 없지."

이춘상이 소매를 걷어붙였다.

갑작스러운 전투였으나 이춘상은 당황하지도, 귀찮아하지도 않았다.

오히려 반가운 기색으로 히죽 웃었다.

복주에 머물면서 해적들의 악명에 대해 귀에 딱지가 생기도록 들었기에 안 그래도 한 번은 보고 싶었다.

"왠지 기다렸다는 반응인데?"

"해적들의 악명에 대해서는 너도 들었을 거 아냐?"

"듣긴 했지."

"근데 너나 나나 찾을 수가 없잖아. 중원과 달리 바다에는 거지가 없다고. 그렇다고 본거지를 아는 사람도 없고. 그런데 이렇게 알아서 나타나 주니 얼마나 고마워? 심지어 저 녀석들은 이 배에 너랑 내가 타고 있다는 것도 모를 거 아냐?"

"그렇긴 하지."

유하성이 고개를 주억거렸다.

복주에 그와 이춘상이 있다는 건 해적들도 들었을 수도 있다.

하지만 여기에 있다는 건 모를 터였다.

"그러니까 이번 기회에 싹 다 일망타진해야지. 박멸은 불가능하겠지만 적어도 한동안 지 꼴리는 대로 날뛰지는 못하겠지."

"숫자가 꽤 되는 거 같은데."

선장과 선원들이 열심히 배를 모는 것처럼 해적들도 빠르게 가까워지고 있었다.

처음에는 검은색 점으로 보였던 배가 이제는 육안으로도 선단이라는 걸 알 수 있을 정도였다.

"고수에게 숫자는 의미가 없지. 특히 나 정도 되는 고수에게는 말이지."

"선상전투는 다를 텐데."

"왜 배 위에서 싸워? 난 나에게 유리한 곳에서 싸울 건데?"

이춘상이 히죽 웃었다.

배 위에서 못 싸울 건 없었다.

그러나 굳이 그렇게 싸울 필요는 없다고 생각했다.

자신에게 유리한 전장을 고를 수 있는데 그렇게 하지 않는 건 어리석은 짓이었다.

"싸우시게요?"

그때 이소향, 황주성과 함께 있던 황주연이 다가왔다.

이쪽의 대화를 들은 모양인지 살짝 긴장한 표정으로 말이다.

"모른 척 지나가는 건 도리가 아닌 것 같아서요. 피할 이유도, 도망칠 이유도 없으니."

"왜 도망쳐? 도망쳐야 하는 건 저쪽이지."

이춘상이 한껏 거만한 얼굴로 검지를 휙휙 흔들었다.

선단의 규모가 상당하지만 뭍에서 싸우는 거라면 자신 있었다.

더욱이 그는 혼자가 아니었다.

옆에는 유하성이 있었고, 선착장에는 남궁세가와 제갈세가, 서문세가의 무인들이 대기하고 있었다.

"일단 최대한 끌어 들여 보자고. 도망치면 골치 아파지니까."

"당연히 그래야지. 단 한 명도 놓칠 수 없어."

"우리도 준비가 필요하긴 하니까."

유하성의 시선이 이소향과 황주성에게로 향했다.

세상에 나온 만큼 다양한 경험을 겪게 해 주고 싶었으나 아직 실전은 일렀다.

그렇기에 유하성은 황주연을 바라봤다.

"제가 데리고 있을게요."

"부탁드립니다."

"무슨 일이 있어도 소향이를 지킬게요."

말하지 않아도 눈빛만으로 황주연은 유하성의 마음을 읽을 수 있었다.

더불어 자신이 할 일에 대해서도.

무공을 익히긴 했으나 황주연의 수준은 그리 높지 않았다.

그렇기에 같이 싸워 봤자 짐만 될 터였다.

'그럴 바에는 차라리 후방에서 자리를 지키는 게 나아.'

그리고 굳이 황주연이 싸울 필요도 없었다.

선착장에는 금와장의 호위무사뿐만 아니라 남궁세가, 제갈세가, 서문세가의 무인들이 있었다.

그러니 이소향과 황주성을 보호하는 게 오히려 유하성을 돕는 것이었다.

"자아, 그럼 해적들이 다 도착할 때까지 기다려 보자고."

武當霸王
무당
패왕

배에서 내린 이춘상이 히죽 웃었다.

해적들의 등장에 발 빠르게 도망치는 선착장의 양민들과는 확연히 다른 표정으로 말이다.

물론 그렇다고 해서 가만히 있지는 않았다.

괜히 위화감을 줄 필요는 없었기에 적당한 곳에 몸을 숨겼다.

"여전히 눈치는 빠르네."

"그러면 뭐 해? 어차피 우리한테 털리는 건 똑같은데."

"여자가 없잖아, 여자가!"

"그럼 복주 깊숙이 들어가든가. 거기에는 계집들이 많으니까."

크고 작은 배들이 일제히 해변에 닿았다.

그리고 수백 명의 해적들이 사방팔방으로 뿔뿔이 흩어졌다.

익숙하게 약탈을 위해 친한 이들끼리 모여서 수색을 시작한 것이었다.

하지만 누구 하나 관군의 등장에 대해서는 생각하지 않았다.

"나보고 뒈지라는 거냐?"

"왜? 십대표국 정도는 별것도 아니라며?"

"표국주 한 놈은 충분히 상대할 수 있지. 근데 혼자 있지를 않잖아?"

"변명은."

해적들이 키득거렸다.

그들도 아는 것이었다.

동료가 말도 안 되는 허세를 부린다는 사실을 말이다.

"저 새끼들 또 왔네."

"참 신기해. 어쩜 이리 때를 잘 맞추는지."

"우리 쪽에 간자가 있는 거 아니야?"

"개소리도 그 정도면 참신하네. 왜구 놈들이랑 대화가 되는 새끼가 있을 거 같아?"

특유의 작은 체구를 가진 왜구들이 오백 장 정도 떨어진 해변에 배를 대고 우르르 하선하는 모습에 해적들이 하나같이 못마땅한 표정을 지었다.

해적이라고 해서 다 같은 해적이 아니었다.

특히 왜구들은 말도 잘 안 통할뿐더러 욕심이 엄청났기에 부딪칠 때마다 늘 많은 수가 다치거나 죽었다.

그래서인지 두 세력 다 충돌은 가급적 피했다.

"야야, 그만 쳐다봐. 괜히 싸움 날라."

"나면 어때. 이참에 싹 다 조져 버리는 것도 나쁘지 않잖아."

"똥이 무서워서 피하냐? 더러워서 피하는 거지. 저 새끼들도 부딪치기 싫어서 일부러 먼 곳에 배를 댔잖아. 우린 우리 것만 후딱 챙기고 가면 돼. 넌 너 좋아하는 계집년들이나 찾고."

"이번에는 좀 반반한 년들이 있었으면 좋겠는데. 매번 소박맞을 것 같은 계집들만 있으니."

처음부터 여자를 밝혔던 해적이 투덜거렸다.

돼지를 닮은 자신의 외모는 생각지도 못하고서 말이다.

"지 얼굴은 생각하지도 않고 따지는 건 엄청 많네."

"뭐라고?"

"그게 다 욕심이야."

"넌 욕심 없어?"

"있지. 그러니까 이렇게 두 눈 부릅뜨고서 찾고 있잖아."

난쟁이처럼 작은 체구의 사내가 키득거렸다.

누구와는 달리 순순하게 인정할 건 인정한다는 듯이 말이다.

"아, 백봉표국의 소국주 한번 품어 보고 싶다. 그렇게 미녀라는데."

"그럼 뭐 해? 순결 잃은 년인데."

"그러니까 더 좋지. 수궁사가 사라졌으니 비싸게 굴지는 않을 거 아냐?"

"새끼들이 야망이 없어. 이왕 꿈을 꿀 거면 크게 꿔야지.

백봉표국의 소국주가 뭐야. 무림삼화는 되어야지."

"크흐! 역시 대물은 생각하는 것도 다르구만!"

무림삼화라는 말에 사내들이 동시에 탄성을 내질렀다.

상상하는 것만으로도 하물에 힘이 들어가는 느낌이 들어서였다.

여기 있는 누구도 직접 본 적은 없지만 다들 소문은 익히 들어 알고 있었다.

무림삼화의 미모가 엄청나다는 사실을 말이다.

"사내대장부로 태어났으면 이 정도 포부는 있어야지!"

"참. 네놈들 그 소식 들었냐? 소화와 백화가 들이댄다는 무당패왕이 복주에 있다는 거?"

"대청표국인가, 태청표국인가. 거기에 있다던데. 그래서 죄다 중앙대로 쪽으로는 가려고 하질 않잖아. 괜히 마주치면 뒈질 테니까."

"그치. 그래서 언제라도 도주할 수 있게 이 주변만……. 저기 왜 저렇게 시끄러워?"

대물이라 불린 거한이 이맛살을 잔뜩 찌푸렸다.

흉터로 가득한 얼굴을 잔뜩 일그러뜨렸던 것이다.

그러나 이내 그의 눈은 화등잔만 하게 커졌다.

태어나서 처음 보는 미녀가, 그것도 세 명이 함께 있자 두 눈을 부릅떴던 것이다.

"허업!"

"처, 천상의 선녀다!"

"어디서 저런 미녀가!"

그리고 그건 주변이라고 해서 다르지 않았다.

거한의 일행뿐만 아니라 주위에 있던 모든 해적들이 입을 쩍 벌렸다.

지금껏 보아 온 그 어떤 여자들과도 비교할 수 없는 미색에 다들 얼어붙은 것이었다.

하지만 그 경직은 오래가지 않았다.

"저년은 내 거다!"

"난 가운데!"

"나는 왼쪽!"

"닥쳐! 전부 다 내 거다!"

선착장 근처에서 모습을 드러낸 세 미녀에 해적들의 눈이 돌아갔다.

난생처음 보는 미녀에 다들 이성을 잃었던 것이다.

좌아악!

그러나 벌 떼처럼 달려들던 해적들은 세 미녀에게 닿기도 전에 허물어졌다.

허공에서 솟구친 검기에 하나같이 목이 잘리며 수급이 위로 치솟았던 것이다.

"뭐, 뭐야?!"

"누구냐!"

죽었다는 걸 전혀 인식하지 못한 모양인지 목이 잘렸음에도 육체는 여전히 앞으로 달려 나갔다.

절단된 목에서 피가 분수처럼 솟구치는데도 세 미녀를 향해 몸뚱이는 움직였다.

. 하지만 얼마 안 가서 넘어졌다.

그 광경에 상대적으로 뒤에 있던 해적들이 대경하며 소리쳤다.

서걱.

그러나 어디에서도 대답은 없었다.

대신 섬뜩한 파육음만이 사방에서 들려왔다.

선착장에 몸을 숨기고 있던 남궁세가와 제갈세가, 서문세가의 무사들이 본격적으로 움직이기 시작한 것이다.

"저, 적이다!"

"고수다! 모두 튀어!"

"흐에엑! 남궁세가다! 남궁세가의 무사들이다!"

"제, 제갈세가도 있어!"

곳곳에서 비명과도 같은 괴성이 터져 나왔다.

몇몇 해적들이 남궁세가와 제갈세가의 표식을 알아보고는 아연실색하며 비명을 내질렀던 것이다.

하지만 그런다고 한들 달라지는 건 없었다.

숫자가 많았으나 남궁세가와 제갈세가, 서문세가의 무사들에게 해적은 볏단과 다를 바가 없었다.

카아앙!

아주 간혹 서문세가 무사들의 공격을 막아 내는 해적들이 있기는 했으나 그 경우는 진짜 드물었다.

설사 막았다고 하더라도 진짜 무서운 존재는 남궁세가나 제갈세가가 아니었다.

꽈아아앙!

남궁세가와 제갈세가, 서문세가의 무사들이 넓게 퍼져 포위망을 구축한 순간 꿩음과 함께 수십 명의 해적들이 허공을 날았다.

이춘상의 파옥권에 일제히 튕겨 나간 것이었다.

그러나 들려오는 비명은 없었다.

전부 권격에 맞는 순간 즉사했기 때문이다.

"대, 대체 무슨 일이 벌어지는……."

"무슨 일은. 그냥 네놈들은 죽기만 하면 돼. 그게 세상을 위한 일이니까."

"히이익!"

무심한 이춘상의 한마디에 해적들이 혼비백산하며 흩어졌다.

어떤 이는 동료였던 이를 제물 삼아 배를 향해 전력질주했다.

놀라서 굳어 버린 동료를 집어 던지고서 지 혼자 살겠다고 도주했던 것이다.

"어딜 가려고?"

하지만 동료를 배신하고 몸을 날렸음에도 정작 도망친 거리는 얼마 되지 않았다.

그래서 이춘상은 다가가지도 않고 바닥에 대충 구르고 있던 단검을 발끝으로 찼다.

"퀙!"

건성으로 찬 단검이었으나 속도는 무시무시했다.

거기다 등 뒤에서 날아왔기에 해적은 꼼짝도 못 하고 뒤통수에 단검이 박혀서는 고꾸라졌다.

퍽. 퍽. 퍽. 퍽.

반면에 유하성은 이춘상처럼 요란스럽지 않았다.

입도 열지 않았다.

그저 간결하게 단 일수에 해적들을 처치했다.

군더더기 없는 움직임이라는 건 마치 이런 것이라는 듯이 유하성은 느릿하게 움직이면서도 한 명 한 명 확실하게 쓰러뜨렸다.

"으, 으아악!"

"사신, 사신이다!"

단 일 초식.

절대 두 번은 손을 쓰지 않겠다는 듯한 유하성의 일격을 그 어떤 해적도 막아 내지 못했다.

그 광경에 해적들은 감히 유하성에게 달려들 생각을 하지 못했다.

처음에야 단출한 유하성의 옷차림에 만만하게 생각하고 해적들이 달려들었으나 그들이 단 일수를 버티지 못하고 절명하자 그 후로는 누구도 덤벼들지 않고 전부 도주했다.

"어디서 이런 놈들이 나타난 거야?!"

"몰라! 그런 말 할 정신 있으면 튀기나 해!"

썩은 짚단처럼 동료들이 썰려 나가고 있었으나 해적들 중 누구 하나 도와주려 하지 않았다.

결국 중요한 건 자신의 목숨이었다.

몇몇 해적들이 숫자는 자신들이 월등히 많다며, 제대로 붙으면 충분히 승산이 있다고 소리쳤으나 그 말에 귀 기울이는 이는 없었다.

해적들은 이기는 게 중요한 게 아니라 살아남는 게 중요했다.

"머저리 같은 새끼들!"

"도망칠 수 있을 거 같아? 전부 다 뒈지는 건 똑같아!"

함께 싸우자고 주장하던 이들이 저주를 퍼부었다.

결국 모두 다 죽을 거라고 말이다.

하지만 그 말에 반응하는 이들은 단 한 명도 없었다.

대답할 시간에 최대한 빨리 도망치는 게 더 이득이었다.

'배에만 가면! 바다로만 나가면 살 수 있다!'

뒤쫓아 오는 이들은 분명 무시무시한 고수들이었다.

그러나 물에서의 싸움은 다를 것이었다.

제아무리 대단한 고수라도 물속에서는, 바다에서의 전투는 서투를 수밖에 없었다.

게다가 해적인 그들에게 바다는 안방이나 마찬가지였기에 배만 탄다면 추격을 못 할 가능성이 컸다.

"다 왔다……!"

등 뒤에서는 방금 전까지 시시덕거리던 동료들의 비명 소리가 들려왔으나 배에 닿은 해적들의 얼굴에는 환희와 안도감이 떠올라 있었다.

누가 죽건 그들은 아무 신경도 쓰지 않았다.

가장 중요한 건 결국 자신의 목숨이었기에 배에 닿은 해적들은 빠르게 눈빛을 교환하며 배를 밀었다.

"서둘러!"

"일단 바다에만 나가면 돼! 그럼 살 수 있다!"

"맞아!"

친구라 할 수 있는 이들이 시시각각 죽어 가고 있음에도 그 점에 집중하는 이는 아무도 없었다.

오히려 그 어느 때보다 합심해서 손발을 맞췄다.

다들 생존 하나만 생각하며 굉장한 협동력을 발휘했던 것이다.

"후우!"

평소에는 별로 친하지 않았던 사이이건만 지금은 손발이

武當覇王
무당
패왕

척척 맞았다.

그 결과 누구보다 빨리 바다로 나아가던 다섯 명의 해적들이 동시에 안도의 한숨을 내쉬었다.

노질을 멈추고서 그제야 주변을 둘러봤던 것이다.

한데 그때 허공에서 기이한 소리가 들려왔다.

후웅. 후웅. 후웅.

"응? 무슨 소리야?"

"위에서 들려오는 거 같은데?"

"어어어?!"

다섯 명이 본능적으로 고개를 들었다.

동시에 하늘을 올려다봤던 것이다.

그러자 다섯 쌍의 눈에 소리의 정체가 보였다.

거대한 양날 도끼가 느릿하게 회전하며 그들이 탄 작은 나룻배를 향해 떨어져 내렸던 것이다.

뿌각!

미처 반응도 하기 전에 떨어져 내린 도끼는 단숨에 나룻배를 박살 냈다.

자체적인 무게도 무게지만 높은 허공에서 떨어지며 위력이 배가 되었기에 다섯 명이 타고 있던 나룻배는 그대로 양분되었다.

"젠장!"

"대체 누가!"

"다, 다른 배로 가야……!"

느닷없이 떨어져 내린 도끼지만 정통으로 맞은 이는 없었다.

그 찰나의 순간에 다섯 명 모두 어찌어찌 도끼날은 피한 것이었다.

하지만 그들의 고난은 이게 끝이 아니었다.

쉐애애액!

갑자기 반파된 배로 인해 바다에 빠지기 무섭게 해변에서 맹렬한 파공음이 들려왔다.

듣는 순간 온몸의 솜털이 쭈뼛 일어설 정도로 섬뜩한 파공음이 파고들었던 것이다.

보지 않아도 무엇인지 능히 짐작할 수 있는 소리에 다섯 명은 황급히 잠수했다.

날아오는 화살을 피해 바닷속으로 들어갔던 것이다.

"커헉!"

"끅!"

그로 인해 근처에서 노질을 하던 해적 몇 명이 목이나 머리, 가슴을 부여잡고 허물어졌다.

해변에서 쏘아진 화살에 맞아 죽거나 치명상을 입은 것이었다.

그러나 화살 세례는 한 번으로 끝나지 않았다.

평소에 가지고 다니는 각궁으로 제갈세가의 무사들은 연

거푸 화살을 쐈다.

"제, 제기랄!"

"어째서 명문세가 소속이라는 것들이 활을 가지고 다니는 거야!"

해적들이 얼굴을 잔뜩 일그러뜨리며 투덜거렸다.

명예를 중요시한다는 명문세가의 무사들이 화살을 쏴 대자 분노가 치솟았던 것이다.

그러나 그 저변에는 공포심이 짙게 서려 있었다.

쌔애액!

거기다 날아오는 건 화살뿐만이 아니었다.

단검과 단도, 또는 박도와 분수자도 해적들을 향해 날아왔다.

정확히 머리를 노리고서 쇄도하던 화살과 달리 무기들이 날아오는 각도는 애매했다.

머리를 맞히면 좋겠지만 꼭 적중하지 않아도 상관없다는 느낌이라고나 할까.

콰직!

대신 한 가지 의도만은 명백했다.

해적들을 맞히지는 못하더라도 배는 정확히 부쉈다.

관통을 하든 쪼개든 날아오는 무기들은 정확하게 배를 타격했다.

"젠장할!"

"니미릴!"

그러나 무사들이 노리는 건 해적들이 탄 작은 배만이 아니었다.

아무도 타지 않은 배도 똑같이 박살 냈다.

마치 다른 배에 탈 생각은 하지 말라는 듯이 말이다.

물론 중형 선박 이상의 배들이 있었으나 그곳으로 향하는 해적들은 없었다.

배가 큰 만큼 아무래도 재빠르게 도주하는 게 힘들어서였다.

한두 명으로 몰기에는 배가 너무 크기도 했다.

퍼퍼퍽!

그로 인해 해적들은 이러지도 저러지도 못한 채 해변에서 날아오는 온갖 병기들에 의해 당할 수밖에 없었다.

몇몇 해적들이 잠수를 해서 공격을 피하려고 했으나 아무리 수공을 익혔다고 한들 아예 숨을 안 쉴 수는 없었다.

더욱이 지금 이 순간에도 해적들의 숫자는 줄어들고 있었기에 그만큼 표적이 될 가능성은 높아졌다.

첨벙!

거기다 남궁세가의 무인들에 비해 무공 수준은 전체적으로 낮을지 모르나 대신 제갈세가의 무인들에게는 다재다능함이 있었다.

또 제갈세가주가 수공을 따로 가르쳤기에 전원 다 물이 익숙했다.

그래서 제갈세가의 무인들은 망설이지 않고 바다에 달려들어 잠수한 해적들을 처리했다.

"저희는 왜구들을 맡겠습니다!"

"저희들도 가겠습니다."

해적들의 숫자가 빠르게 줄어들자 서문세가와 남궁세가의 무인들이 남쪽으로 방향을 틀었다.

제갈세가의 무사들이 맹활약을 펼치고 있기도 하지만 유하성과 이춘상이 있기에 고민하지 않고 왜구들을 향해 이동했다.

"잘 부탁드립니다."

"별말씀을."

"그럼!"

눈치 빠른 족속답게 이쪽의 상황을 파악했는지 왜구들이 황급히 도주하는 게 보였다.

그러나 유하성은 물론이고 이춘상도 걱정하지 않았다.

아무리 서둘러 도주한다고 해도 저 정도의 인원이 전부 다 도망가는 건 불가능했다.

"하, 항복하겠습니다!"

"제발 살려 주십시오!"

유하성의 손에서 뿌려지는 단검과 단도에 의해 동료들의 머리가 정확히 꿰뚫리는 걸 본 해적들이 오체투지 했다.

도망쳐 봤자 부처님 손바닥 안이라는 걸 이제야 깨달은 것이었다.

단 한 명이라도 살아서 도망쳤다면 일말의 가능성에라도 걸어 보겠는데 안타깝게도 도주에 성공한 이는 없었다.

그렇다면 남는 건 항복과 구걸뿐이었다.

스스스슥!

시작이 어렵지 한두 명이 항복하자 줄줄이 모래사장에 머리를 박았다.

저항이 무의미하다는 걸 모두 깨달은 것이었다.

게다가 제갈세가 무사들이 펼치는 수공에 해적들은 모든 걸 내려놓았다.

"어떻게 할까요?"

짧은 시간에 백 명이 넘는 인원이 죽었으나 여전히 해변에는 죽은 숫자만큼의 해적들이 남아 있었다.

그렇기에 처음에 미끼가 되었던 여인들이 다가오며 물었다.

이 정도 숫자면 뒤처리도 일이어서였다.

"관에 넘기는 방법도 있어요, 유 공자님."

맨 후방에서 이소향과 황주성을 데리고 있던 황주연이 조심스럽게 입을 열었다.

꼭 유하성이 여기서 더 손을 더럽힐 필요는 없어서였다.

관군에게 넘기고 현상금을 받는 것도 한 가지 방법이었다.

"관아까지 데려가는 게 일이긴 하지만 그것까지 우리가 할 필요는 없지."

"본 장에 지원을 요청하면 되니까요."

남궁세가나 제갈세가, 서문세가와 달리 금와장은 복건성에서도 막대한 영향력을 가졌다.

그렇다 보니 지원을 요청하는 것 정도는 어렵지 않았다.

세 가문처럼 수준 높은 무사들을 동원하는 건 힘들지만 대신 상당한 숫자를 집결시킬 수 있었기에 황주연이 자신만만한 어조로 말했다.

"이 정도 인원을 관아에서 감당할 수 있을까? 수준이 낮다고 하나 나름 무공을 익혔는데. 개중에는 일류의 경지에 있는 이들도 있고."

"조금 위험하긴 하지. 호북성이나 하남성의 관군들과 비교하면 아무래도 복주의 관군들은 수준이 떨어질 테니까."

회의적인 유하성의 말에 이춘상이 턱을 쓰다듬었다.

사오십 명도 아니고 무려 백 명이 훌쩍 넘는 인원이었다.

거기다 물에 빠져 있는 인원까지 합치면 지금보다 숫자는 더 늘 게 분명했다.

"현상금 몇 푼 받자고 관에 넘기는 것도 좀 웃기고. 저 선박들만 팔아도 돈은 충분히 벌 거 같은데."

"헐. 너 거기까지 생각한 거야?"

이춘상이 두 눈을 휘둥그레 떴다.

이 짧은 순간에 배를 파는 것까지 생각했느냐는 듯이 말이다.

그리고 그건 제갈령령과 남궁희수, 서문예지도 마찬가지였다.

하지만 황주연만은 빙그레 웃었다.

무인으로서 무공이 뛰어난 것도 중요하지만 생활력도 그 못지않게 중요했다.

자고로 가족들을 먹여 살리려면 이 정도 생활력은 있어야 했다.

"그럼 저걸 버려? 괜히 내가 안 부순 게 아냐."

"대단하네. 난 선박들은 전혀 생각지 못했는데."

"나 혼자 다 가질 건 아냐. 인원수대로 나눌 거니까 걱정하지 마."

"호오. 그렇다는 건 내 몫도 있다는 말?"

"물론이지."

이춘상이 눈을 반짝거렸다.

거지답게 그는 공짜를 매우 좋아했다.

또한 재산을 쌓지는 않지만 주겠다는 돈을 거절하는 성미는 아니었다.

거지라고 해서 돈을 쓸 줄 모르는 것도 아니었고.

"으ㅎㅎㅎ!"

인원이 많았지만 이춘상은 웃음을 참을 수가 없었다.

배는 크면 클수록 비싸게 팔린다는 걸 알아서였다.

물론 새것이 아닌 중고이고 해적들이 사용했던 배이니만큼 관리가 제대로 되지 않았겠지만 그럼에도 가격은 상당할 터였다.

당장 금와장만 하더라도 상선을 꽤 많이 필요로 하고 있었고.

"장주님께 여쭈어볼게요. 그런데 아마 구입하실 가능성이 커요. 이 정도 크기의 배는 당장 구하기 힘드니까요. 더욱이 즉시 사용이 가능하니까요."

"감사합니다."

중고라는 점은 단점이기도 하지만 장점이 되기도 했다.

일단 무리 없이 운행이 가능하다는 걸 증명하니까.

"아니에요. 이건 저희에게도 좋은 거래이니까요. 거기다 저와 무사들의 몫도 있으니 저야말로 감사하죠."

"감사히 받겠습니다!"

밧줄로 해적들을 포박하던 금와장의 무사들이 일제히 소리쳤다.

그들도 귀가 있기에 이쪽의 대화를 들은 것이었다.

그래서인지 다들 입꼬리가 꿈틀거리고 있었다.

"안 받겠다는 사람은 하나도 없네."

"너도 받잖아."

"나는 활약을 했잖아. 내가 부순 배만 몇 척인데. 난 충분히 받을 가치가 있지."

"그럼 현상금은 포기할 수 있지?"

"물론."

이춘상이 흔쾌히 대답했다.

선박의 숫자가 제법 되는 만큼 그의 몫으로 떨어지는 금액이 결코 적지는 않을 터였다.

그리고 금액이 너무 커도 이춘상에게는 문제였다.

딱 적당한 게 가장 좋았다.

"알았다. 그럼 그렇게 알고 있으마."

"근데 관아에 안 보내면 어떡하게?"

"이 녀석들에게 피해를 받은 이들이 한둘이 아닐 거 아냐."

"그렇지. 이놈들 복건성 근해를 돌며 노략질과 약탈을 하니까."

"그럼 피해를 입은 이들이 복수할 기회를 주는 건 어때? 본거지를 알아내서 관아에 알려 주고. 복건성에도 수군은 있을 거 아냐."

이춘상은 물론이고 조용히 유하성의 말을 듣고 있던 여인들도 눈을 크게 떴다.

들어 보니 나쁘지 않은 제안 같아서였다.

아니, 오히려 몇 푼 안 되는 현상금을 받는 것보다 훨씬 나았다.

게다가 본거지를 알아내서 관에 알려 준다면 관부에서도 마냥 못마땅하게 생각하지만은 않을 터였다.

"정말 좋은 생각인데요?"

"그야말로 일석이조의 방법 같아요."

"왜 그걸 저는 생각 못 했을까요?"

"저도 좋은 생각이라고 생각해요."

자고로 최고의 복수는 눈에는 눈, 이에는 이라고 했다.

단전을 파괴하거나 손목과 발목의 힘줄을 끊어 버린다면 일반 양민들도 충분히 복수할 수 있었다.

해적들에게 당하기만 했던 이들이 자신의 손으로 직접 복수하는 게 가능해졌던 것이다.

그렇기에 네 명의 여인들은 눈을 반짝이며 고개를 끄덕였다.

"나도 같은 생각이야. 근데 이런 생각을 어떻게 한 거야?"

"만약에 나였다면 관아에 넘기는 것보다는 복수를 선택할 거 같아서. 물론 손을 더럽히고 싶지 않은 이들도 있겠지만, 대부분은 이놈들을 찢어 죽이고 싶지 않을까?"

"찢어 죽이고 싶을 뿐이겠어? 갈아 마시고 싶을걸. 난 찬성."

"저도 찬성이요. 현상금보다 훨씬 나아요. 더불어 복주 사람들의 신망도 얻을 테고요."

제갈령령이 눈을 반짝였다.

단순히 복수할 기회를 넘어 그녀는 그 뒤를 보았다.
더해서 제갈령령은 다시 한번 깨달았다.
자신의 짝은 유하성밖에 없다는 걸 말이다.

제89장 착각은 자유

'처음부터 모든 걸 생각하고 판을 짠 건 아니겠지만 중요한 건 그게 아냐. 본능적으로 이런 판을 짤 수 있다는 게 중요한 거지.'

제갈령령은 초롱초롱한 눈으로 유하성을 바라봤다.

무림에는 협객도 많고 의인도 많았다.

하지만 그녀는 그저 희생만 하는 사람을 좋아하지는 않았다.

무인이자 사람으로서 그런 이들을 존경은 하나 자신의 삶을 맡길 생각은 없었다.

'그러나 유 공자님은 달라.'

누구보다 도인에 어울리는 삶을 살아가지만 또 어떻게 보면 스스로의 잇속을 잘 챙기는 이가 유하성이었다.

당장 지금만 하더라도 그랬다.

모든 걸 감안하고 결정한 게 아닌데 결과적으로는 모두에게 좋은 선택을 찾아냈다.

제갈령령은 그게 바로 유하성의 능력이라고 생각했다.

'반대로 유 공자님이니까 할 수 있는 방법이기도 하고.'

생각하는 건 누구나 할 수 있었다.

하지만 실행하는 건 다른 문제였다.

만약 이 많은 해적들을 사로잡지 못했다면, 무력이 부족했다면 상황은 오히려 반대였을 것이었다.

"그럼 바로 데려가죠."

"왜구들은 어떡할까?"

"데리고 갈 게 없을 것 같은데."

유하성이 어깨를 으쓱거렸다.

거리가 상당했으나 그의 눈에는 전투가 코앞에서 벌어지는 것처럼 보여서였다.

사로잡을 생각이 전혀 없다는 듯이 남궁세가와 서문세가의 무인들은 왜구들을 무자비하게 도륙하고 있었다.

왜구들 역시 항복은 생각도 안 하고 있는 듯했고.

"말도 안 통하니 그냥 싹 다 죽이는 거 같은데."

"항복해도 어디에 써먹을 거야? 관아에 데리고 가는 것도 일일 거 같은데."

"하긴. 이놈들도 데려가야 하는데."

부르르르!

이춘상과 유하성의 대화에 해적들이 몸을 떨었다.

그러나 이미 붙잡힌 그들이 할 수 있는 건 아무것도 없었다.

당장 목이 잘려도 이상하지 않은 상황이었기에 해적들은 사시나무처럼 몸을 떨며 고개를 푹 숙였다.

"대, 대협! 제발, 제발 한 번만 살려 주십시오!"

"저에게는 토끼 같은 자식과 여우 같은 안사람이 있습니다!"

"개과천선해서, 앞으로는 근면성실하고 착하게 살겠습니다! 아니, 노예처럼 살겠습니다!"

망연자실한 얼굴로 모든 것을 포기한 해적들이 있는 반면에 어떻게든 살아남고자 기를 쓰는 이들도 있었다.

무슨 수를 써서라도 살고 싶다는 듯이 두 손 두 발을 싹싹 빌었던 것이다.

하지만 그런 해적들의 말에 동정심을 가지는 이는 없었다.

지금 지껄이는 말이 거짓말이라는 걸 너무나 잘 알아서였다.

"시끄러운데."

"바로 조치하겠습니다. 아혈 짚어."

새끼손가락으로 귀를 후비며 이춘상이 중얼거리자 제갈세

가의 무사가 곧바로 대답했다.

혼잣말이었음에도 곧장 반응했던 것이다.

이윽고 해적들의 입이 빠르게 다물어졌다.

"사부님! 괜찮으세요?"

"물론이지."

"긁히신 곳은 없으세요?"

장내가 정리되자 황주성과 함께 있던 이소향이 유하성에게 다가왔다.

그러고는 몸 곳곳을 살폈다.

유하성이 강하다는 걸 알지만 그래도 눈먼 병기에 긁힌 곳이 있을 수도 있어서였다.

어쩌면 독에 중독되었을지도 모르고.

"소향아, 네 사부는 온몸이 흉기야. 평범한 사람의 몸으로 생각하면 안 돼."

"그래도 똑같은 사람인걸요."

"아니라니까. 절대 그렇게 생각하면 안 돼. 저 주먹으로 무쇠도 산산조각 내는 게 하성이라니까."

전혀 걱정할 거 없다는 투로 이춘상이 말했다.

유하성을 걱정하느니 포획한 선박에 잔고장이 없나 걱정하는 게 나았다.

"괜찮아. 큰 전투도 아니었으니까."

"다행이에요. 저는 혹시나 해서. 나중에는 저도 함께 싸울

래요."

"그래."

진심으로 걱정했다는 듯이 안도의 한숨을 내쉬는 이소향의 모습에 유하성이 빙긋 웃었다.

자신을 생각하는 마음을 느낄 수 있어서였다.

더불어 시체들이 즐비한데도 크게 충격을 받지 않아서 다행이라고 생각했다.

"나중에 또 해적들을 만날 일이 있으면 내가 지켜 줄게! 산적이나 수적이 나타나도!"

"그럴 일은 없을 것 같은데."

황주성이 슬그머니 대화에 끼어들었다.

그러고는 통통한 손으로 가슴을 탕탕 두드리며 호언장담했다.

이소향만은 자신이 확실하게 지켜 주겠다는 듯이 말이다.

하지만 그런 황주성의 말에도 이소향은 기뻐하기는커녕 무덤덤하게 대꾸했다.

"나만 믿어!"

"하아."

호탕해 보이고 싶은 모양인지 연이어 큰 목소리로 소리쳤지만 이소향은 남몰래 한숨을 쉬었다.

황주성이 강해져서 지켜 주는 것보다 반대로 자신이 강해지는 게 빠를 것 같아서였다.

그런데 그 생각은 황주연도 같은지 얼굴이 점차 붉어졌다.

남동생의 목소리가 커질수록 그녀의 민망함도 커져서였다.

"죽어! 죽어 버려!"

"살려 내! 내 딸, 우리 막내 살려 내라고!"

"뒈져라, 이 새끼들!"

"으워어어!"

복주의 중앙대로에 수십, 수백 명의 사람들이 모였다.

원래 오고 가는 사람들이 많은 게 복주의 중앙대로였다.

그러나 지금은 그 규모 자체가 달랐다.

또한 시간이 갈수록 사람이 줄기는커녕 계속해서 늘어났다.

캬하악! 퉤! 퉷!

줄줄이 포박되어 있는 해적들에게로 침들과 온갖 오물들이 쏟아졌다.

사로잡힌 해적들에게 가족과 형제를 잃은 이들이 울분을 토해 내는 것이었다.

"개새끼들아!"

그중에는 점혈을 당해 아무것도 할 수 없는 해적들에게 식

칼과 몽둥이를 휘두르는 이들도 있었다.

아내를, 딸을, 아들을 잃은 이들이 광기를 토해 내며 해적들을 찌르고 때렸다.

하지만 그들을 말리는 이는 없었다.

복주에서 사는 사람들치고 해적들에게 단 한 번이라도 피해를 입지 않은 이가 없어서였다.

"죽어! 뒈져 버려!"

"끄아아악!"

"그만, 그만……! 큭!"

오물을 던지는 건 그나마 약한 축이었다.

몇몇은 아예 해적들에게 오줌을 갈겼다.

사람이 워낙에 많았기에 서로가 서로를 가려 준 덕분이었다.

복수하는 이들의 대부분이 남자이기도 했고.

푸욱! 푹!

그러나 잔인한 정도로 따지자면 여인들을 따라갈 수가 없었다.

남편과 자식을 잃은 여인, 혹은 해적에게 겁탈을 당하고 구사일생으로 살아남은 여인은 절대 한 번에 해적을 죽이지 않았다.

눈물을 흘리지도 않고, 악도 쓰지 않았다.

그저 묵묵히 비수를 가지고 해적들의 사지를 찍었다.

"끄으으읍!"

"죄, 죄송합니다! 이렇게 사죄할 테니 제발 목숨만은, 목숨만은 살려 주십시오!"

유하성은 마혈만 점혈하도록 시켰다.

아혈은 일부러 풀어 주었다.

해적들이 고통스러워하면 할수록 해적들에게 피해를 입은 사람들의 한이 조금이라도 풀릴까 싶어서였다.

또 가장 듣고 싶어 하는 소리가 해적들의 신음 소리라고 생각했기에 유하성은 딱 마혈만 점혈하도록 지시했다.

"분명 잔인한 광경인데, 이상하게 슬프네."

"복수를 한다고 해서 죽은 가족이 돌아오는 건 아니니까."

"그렇지."

유하성의 옆에 서 있던 이춘상이 씁쓸한 표정을 지었다.

피해자들이 토해 내는 울분과 광기는 어마어마했지만 이춘상에게 느껴지는 건 지독한 슬픔이었다.

"그래도 저는 이런 자리가 반드시 필요하다고 생각해요. 관아에 넘긴다고 해서 죗값을 다 치르는 건 아니니까요. 아이들 정서에 좋지는 않겠지만 대신 확실하게 각인이 되겠죠. 죄를 지으면 벌을 받는다고. 전 이게 되게 중요하다고 생각해요. 당연한 게 요새는 당연하지 않으니까요."

일을 계획한 건 유하성이었으나 실질적으로 사람들을 통제하는 건 대청표국이었다.

때마침 중요한 의뢰를 마치고 복귀했기에 남은 인력을 전부 다 동원해서 지금의 자리를 만든 것이었다.

그런데 놀라운 건 따로 알리지 않았음에도 알음알음 소식이 퍼져 수백 명의 인파가 모였다는 점이었다.

"교묘하게 벌을 피해 가는 이들이 많지. 특히 가진 자들이."

"그거까지는 어쩔 수 없더라도 해적들은 다르죠. 마음만 먹는다면 충분히 가능하니까요."

백현승도 이제는 더 이상 어리지 않았다.

소년과 어른의 경계에 서 있지만 대청표국주라는 자리는 그에게 어른들의 세계를 가르쳐 주었다.

냉정하면서도 냉혹한 사회에 대해서 말이다.

"심문은 어떻게 되어 가고 있어?"

"본 방의 전문가들이 나섰으니 얼마 안 걸릴 거야. 원래 제일 무서운 게 잃을 게 없는 인간이거든. 그 말인즉 거지보다 무서운 존재는 없다는 말이지."

"너무 무리할 필요는 없다고 전해 줘. 알아내면 좋지만, 그렇다고 끌려다닐 필요는 없으니까."

"당연하지. 그건 다들 기본으로 알고 있어. 저기 저 녀석들보다 편하면 안 되잖아?"

"끄어어어억!"

이춘상의 시선이 피가 낭자한 해적 한 명에게 닿았다.

나무로 된 비녀에 열댓 번 찔렸는지 사지는 이미 피에 절어 있었다.

하지만 그럼에도 중년의 해적은 죽지 않았다.

과다출혈로 죽을 게 분명하지만 중요한 건 아직은 살아 있다는 점이었다.

"어후."

사지가 피투성이였으나 의외로 몸통은 멀쩡했다.

여인이 일부러 즉사하지 않도록 팔다리 쪽만 노린 것이었다.

그걸 한눈에 알아봤기에 이춘상은 독하다는 표정으로 고개를 절레절레 저었다.

"단면만 보고 판단하지 마."

"알지. 내가 그것도 모를까 봐. 근데 눈살이 찌푸려지는 건 사실이니까."

"저건 약과일 수도 있어."

"……그렇지."

유하성의 말에 이춘상이 고개를 주억거렸다.

여인이 어떤 일을 겪었는지는 아무도 몰랐다.

설사 안다고 해도 완벽하게 이해할 수 있는 사람은 없었다.

"고마워요, 형님. 저희가 나설 수 있게 해 주셔서."

"누군가는 해야 할 일이었다. 그리고 그건 우리가 할 수 없는 일이었고."

"나는 할 수 있었는데. 근데 개방보다는 대청표국이 나서는 게 보기 좋으니까."

"감사합니다."

이춘상이 슬쩍 한 다리를 걸쳤다.

그러나 틀린 말은 아니었다.

개방이 나서도 되는 일인데 양보한 건 사실이었다.

그렇기에 백현승은 이춘상을 향해 고개를 숙였다.

"알면 됐어. 그리고 초심 잃지 마."

"물론입니다."

"내가 끝까지 지켜볼 거야. 네가 욕먹으면 하성이가 욕먹는다는 것도 잊지 마."

"넵!"

당차게 대답하는 백현승의 모습에 이춘상이 피식 웃었다.

대청표국주가 되었음에도 옛날의 모습이 고스란히 남아 있어서였다.

물론 다른 사람들 앞에서는 다르게 행동하겠지만 이춘상에게 중요한 건 지금의 모습이었다.

"이걸로 당분간은 자중하겠지."

"그럴 거야. 하지만 그 시간이 그리 길지는 않겠지. 인간은 망각의 존재이니까."

"적어도 우리가 있는 한은 조용할 거다."

"당연히 그래야지. 또 당하고 싶다면 그렇게 해 주면 되고."

중앙대로가 피로 물들어 갔으나 누구 하나 잔인하다고 생각하지는 않았다.

그동안 해적들에게 당한 걸 생각하면 이건 아무것도 아니어서였다.

게다가 복수에 불타오르기는 했어도 다들 광기에 잡아먹히지는 않았다.

그저 각자의 방식으로 떠나보낸 가족들의 넋을 위로할 뿐.

비가 추적추적 내리는 낮에 서문예지는 조심스럽게 유하성의 처소를 찾았다.

널어놓은 빨래가 비에 젖기 전에 걷기 위해서였다.

"어? 예지 언니?"

"지금 개인 수련 시간 아니니?"

"빨래 걷으러 돌아왔어요!"

아무도 없었지만 서문예지는 조심스럽게 들어갔다.

비어 있는 방에, 그것도 남자의 방에 들어가는 것이었기 때문이다.

그런데 아무도 없을 거라고 예상했던 것과 다르게 처소에

武當霸王
무당
패왕

는 이소향이 있었다.

"역시 빠르네."

"언니도 빨래 걷으러 오신 거예요?"

"응. 유 공자님도, 소향이도 수련하는 시간이니까. 그래서 나라도 걷으려고 온 거야. 유 공자님께 허락받은 게 아니라서 조금 그렇긴 하지만."

"에이. 이 정도 가지고 뭘요. 언니가 뭘 훔쳐 갈 것도 아니고 도와주러 오신 거잖아요."

이소향이 해맑게 웃으며 서문예지의 손을 잡았다.

고작 이런 일에 미안해할 것 없다는 듯이 말이다.

"그래도 물어보고 들어오는 게 예의기는 하니까."

"사부님께서는 개의치 않으실걸요."

"사실 나도 그렇게 생각하고 온 거긴 해. 아, 일단 빨래부터 걷자."

"네!"

대화하는 사이에도 비는 내리고 있었고, 그 말은 널어놓은 빨래가 시시각각 젖어 간다는 말과도 같았다.

그렇기에 서문예지는 줄에 널려 있는 빨래들을 잽싸게 걷었다.

전광석화와 같은 손놀림으로 빠르게 빨래들을 걷었던 것이다.

"아!"

기계적일 정도로 간결하게 빨래를 걷던 서문예지가 순간 얼굴을 붉혔다.

　좌우로 길게 늘어져 있는 줄의 끝에 유하성의 속옷이 있어서였다.

　빨래를 걷어야 한다는 생각만 했지 유하성의 속옷이 있을 거라고는 눈곱만큼도 생각하지 않았었기에 서문예지는 순간 멈칫했다.

　입고 있던 것도 아니고 깨끗하게 빤 속옷이었음에도 유하성의 것이라고 생각하자 서문예지는 자기도 모르게 굳어 버렸다.

　"이건 제가 걷을게요!"

　"고, 고마워."

　"아직 이건 좀 부끄럽죠?"

　"으응."

　반면에 이소향은 아무렇지 않게 유하성의 속옷을 걷었다.

　벌써 사 년 넘게 빨래를 했기에 이 정도는 아무것도 아니었다.

　보통은 유하성이 손빨래를 하지만 가끔 바쁠 때는 이소향이 하는 경우도 있었다.

　하지만 반대로 이소향의 가슴가리개나 속곳을 유하성이 빨래하는 일은 없었다.

　"사실 저도 처음에는 힘들었어요. 기분 나빠 하시면 어쩌나 하고. 근데 되게 무덤덤하시더라고요. 고마워하시기도 하셨고요."

"그래?"

"네. 사조님 외에 다른 사람이 빨아 준 건 처음이라고 하셨어요."

"그렇구나."

서문예지가 눈을 반짝였다.

하나라도 놓치지 않겠다는 듯이 말이다.

그러면서 신기하기도 했다.

유하성의 그런 면모가 말이다.

"아마 언니가 빨래해 주면 되게 고마워할걸요?"

"싫어하시지 않을까?"

"생판 남이 그러면 기분 나쁘겠지만, 언니는 다르잖아요. 제가 보기에는 거리가 상당히 가까워진 거 같은데. 뱃놀이도 사부님께서 먼저 말을 꺼내셨잖아요."

"그랬었지."

서문예지의 입매가 반달을 그렸다.

예전의 기억이 떠올라서였다.

그때 서문예지는 물론이고 남궁희수와 제갈령령, 황주연 모두 놀랐다.

설마하니 유하성이 먼저 뱃놀이를 하러 가자고 할 줄은 몰라서였다.

"물론 가장 큰 이유는 저에게 배를 태워 주기 위해서겠지만요."

"아주 언니를 가지고 놀려고 하네?"

"히힛! 하지만 사실인걸요?"

이소향이 혀를 쏙 내밀었다.

하지만 그 모습이 밉지 않았다.

농담이라는 걸 잘 알아서였다.

그리고 이소향은 미워할 수가 없는 아이였다.

"제자 사랑이 아주 끔찍하시긴 하지."

"그래서 늘 감사한 마음으로 살고 있어요."

팡! 파팡!

서두른다고 했지만 비에 살짝 젖은 건 어쩔 수 없었다.

그래서 이소향은 팔의 힘을 이용해 빨래를 팍팍 털었다.

물기를 싹 다 털어 내겠다는 듯이 말이다.

"참 보기 좋은 사제지간이라니까."

"헤헤헤."

"근데 내가 와서 불편하거나 그런 건 아니지?"

"전혀요. 전 오히려 응원하는 쪽이에요."

"정말?"

이소향의 옆에서 빨래를 털던 서문예지가 눈을 동그랗게 떴다.

자신을 제법 따르기는 했으나 응원한다고 말할 줄은 몰라서였다.

그녀뿐만 아니라 이소향은 다른 세 명을 잘 따르기도 했고.

"네. 물론 언니만 응원하는 건 아니지만요."

"제일 응원하는 사람은 누구야?"

"그건 말 못 하죠."

"그 말은 있기는 하단 거네?"

"헉!"

이소향이 화들짝 놀랐다.

이렇게 쉽게 떠보는 것에 넘어갈 줄은 몰라서였다.

그러나 이소향은 이내 표정을 수습했다.

"충분히 그럴 수 있지. 나는 이해해. 그리고 또 모르잖아? 그게 나일 수도 있고."

"그렇죠."

"정말 그랬으면 좋겠다."

속을 알 수 없는 미소를 짓는 이소향을 보며 서문예지가 옅게 웃었다.

새삼 이소향이 많이 컸다는 게 보여서였다.

다섯 살 때의 이소향은 그녀의 말에 대답하는 것조차 어려워했었는데 지금은 달랐다.

"말씀드렸다시피 저는 언니도 응원해요."

"고마워."

"사부님께서 일가를 이루는 걸 보고 싶기도 하고요. 자식을 낳으면 저에게도 동생이 생기는 거니까요."

이소향이 몸을 비비 꼬았다.

남동생이든 여동생이든 동생이 생긴다고 생각하자 별의별 생각이 다 들어서였다.

"벌써 거기까지 생각한 거야?"

"남녀가 혼인을 하면 자식을 낳는 건 당연하니까요. 저는 동생들이 많았으면 좋겠어요."

"그만큼 힘들 텐데?"

"대신 외롭지는 않을 테니까요."

아빠와 언니를 잃은 경험이 있는 이소향이었다.

물론 대신에 유하성이라는 스승과 수많은 사형과 사질 들을 얻었지만 그럼에도 이소향의 가슴 한편에는 외로움이 남아 있었다.

사형제들이 많이 생기긴 했으나 가족이라는 느낌은 들지 않았기에 이소향은 내심 유하성의 자식들을 기대했다.

"그럼 소향이를 믿고 나는 많이 낳기만 하면 되는 거야?"

"그럼요. 돌보는 건 제가 도와드릴게요!"

"근데 자식이라는 게 갑자기 생기는 게 아니니까."

"지금도 잘하고 계세요. 그러니까 조금만 더 힘내세요!"

이소향이 두 주먹을 불끈 쥐어 보였다.

다른 사람은 모르겠지만 이소향에게는 보였다.

유하성이 조금씩 마음을 여는 게 말이다.

"고마워. 힘이 나네."

"저는 모두 다 잘되었으면 좋겠어요. 만약 좋지 않은 결과가 나오더라도 저는 언제나 언니의 동생이라는 거 잊지 말아 주세요!"

"병 주고 약 주는 거니?"

"아뇨. 진심으로 응원하는 거예요!"

"세 사람에게도 똑같이 말한 거 아냐?"

서문예지가 새치름하게 이소향을 흘겨봤다.

하지만 그런 서문예지의 눈초리에도 이소향은 당황하지 않았다.

진심이었기에 당황할 이유가 없어서였다.

"아직 말할 기회가 없어서 언니가 처음이에요."

"으휴."

"용기 있는 자가 미남을 얻는다고 하잖아요. 언니는 다른 언니들보다 한발 앞서 있어요."

"정말 그럴까?"

"물론이죠!"

이소향이 고개를 크게 끄덕였다.

그러나 이소향의 진심이 담긴 응원에도 서문예지는 자신이 없었다.

무림삼화 중 백화라 불리며 여전히 강호에서 미모로 이름을 떨치는 그녀이지만 경쟁자들이 너무 막강했다.

당장 남궁희수만 하더라도 같은 무림삼화였고, 제갈령령은 재색을 겸비했으며, 황주연은 중원 상계를 쥐락펴락하는 금와장주의 막내딸이었다.

그런 세 여인과 비교하면 아무래도 그녀는 조금 떨어질 수밖에 없었다.

막말로 외모 말고는 잘난 게 없었다.

'그래서 요리에 집중했는데…….'

남궁희수는 천하제일가라 불리는 남궁세가의 장중보옥이었다.

제갈령령 역시 오대세가의 일좌를 차지하는 제갈세가의 금지옥엽이었고.

때문에 서문예지는 자기만의 무기가 필요하다고 생각했고, 세 사람이 공통적으로 부족한 요리에 파고들었다.

자고로 음식을 잘하는 여자를 싫어할 남자는 없다고 생각해서였다.

'희수가 그렇게 치고 올라올 줄은.'

서문예지가 나지막하게 한숨을 내쉬었다.

설마 천하의 남궁희수가 요리 실력을 키울 줄은 몰라서였다.

그나마 다행인 건 요리 하나만 집중적으로 팠는지 빨래나 청소 같은 살림에 대해서는 약한 모습을 보였다.

"사부님께서도 티는 안 내셨지만 많이 놀라셨을걸요?"

"티가 나긴 했어. 첫 음식을 입에 넣고 놀란 표정을 지으신 게 아직도 생생하니까."

"사실 저도 깜짝 놀랐어요."

"시간이 꽤 지났으니까. 이 정도도 안 되면 진짜 재능이 없는 거지. 근데 희수도 요리를 배울 줄은 몰랐어. 손에 물한 방울 안 묻혔을 것 같은 애가 희수인데."

"저도 신기했어요. 하필이면 무림삼화의 두 분이 동시에 요리에 집중하셨다는 게."

이소향이 고개를 주억거렸다.

다른 이도 아니고 천하에서 가장 예쁘다는 세 명 중 두 명이 서문예지와 남궁희수였다.

그런데 예쁜 사람들은 생각하는 것도 똑같은 모양인지 준비한 게 동일했다.

"내 말이. 희수가 그럴 줄은 정말 몰랐어."

"대신 언니는 빨래랑 청소도 할 줄 아시잖아요."

"이게 뭐. 누구나 다 할 수 있는 건데. 오히려 나는 많이 늦었지. 소향이에 비하면."

"에이. 저랑 언니랑 같나요."

힘없이 대답하는 서문예지를 향해 이소향은 단호하게 고개를 저었다.

남궁세가나 제갈세가에 비하면 확실히 여러모로 부족한게 서문세가였다.

그러나 비교대상이 오대세가라서 그렇지 서문세가 역시 명문세가라 불리는 가문이었다.

그곳의 금지옥엽이 서문예지였고.

"지금은 나보다 나은 거 같은데?"

"설마요. 저는 운이 좋았을 뿐이죠. 미모도 비교불가고요."

"아직 다 자란 건 아니니까. 지금도 충분히 예쁘지만."

"말씀만으로도 감사합니다!"

이소향이 싱긋 웃었다.

빈말이라는 걸 알지만 그래도 기분 좋은 게 사실이었다.

말을 한 사람이 서문예지였으니까.

"나중에는 어떻게 될지 몰라. 그러니까 잘 가꾸고 관리하면 돼. 일단 소향이는 몸 선이 예쁘니까."

서문예지는 안 좋은 생각들을 털어 냈다.

애초에 자신이 가장 부족하단 사실을 그녀는 잘 알고 있었다.

그럼에도 유하성을 선택했다.

유하성의 마음을 사로잡는 게 가문을 위한 일이라고 생각했으니까.

'지금도 그 생각은 다르지 않지만, 마음가짐은 달라졌지.'

서문예지가 저돌적으로 달려들었던 건 오직 가문을 위해서였었다.

그것만이 자신이 서문세가를 위해 할 수 있는 일이라고 생각했으니까.

하지만 지금은 생각이 달라졌다.

그녀가 수도 없이 봤던 남자들과 유하성은 달랐다.

'너무 달라서 문제지만.'

서문예지를 원했던 남자는 많았다.

아니, 나이가 꽉 찬 그녀를 원하는 남자들은 여전히 많았다.

그러나 그중에 유하성과 비교할 만한 인물은 없었다.

이미 서문예지의 마음이 유하성에게 가 있기도 했고.

'아빠도 응원해 주고 계시니까.'

경쟁자들이 하나같이 막강하지만 서문예지는 마음을 다잡았다.

셋 다 자기만의 강점이 있지만 그건 자신도 마찬가지라고 생각했다.

그리고 이제는 확신도 있었다.

유하성이 자신을 밀어내지 않으리라는 확신이 말이다.

"사부님 생각하시죠?"

"어떻게 알았어?"

"이제는 좀 보이더라고요. 게다가 여기는 사부님의 처소이기도 하고요. 사부님이 안 계신 방에 저 말고 다른 사람이 있다는 게 놀랍기도 하고요."

"앞으로도 잘 부탁해?"

"물론이죠."

이소향이 생긋 웃으며 대답했다.

양손으로는 정확하게 빨래를 개면서 말이다.

유하성은 창가에 서서 경내를 내려다봤다.

처음에는 아이들뿐이던 경내가 지금은 온갖 사람들로 가득 차 있었다.

놀라울 정도로 빠르게 대청표국이 자리를 잡아 가는 모습에 유하성은 뿌듯한 마음이 들었다.

지금의 모습에 그 역시 어느 정도는 일조해서였다.

"기틀은 어느 정도 잡힌 것 같네."

사람이 많아지기는 했으나 여전히 갈 길은 멀었다.

복건성을 대표하는 십대표국과 비교하면 아무래도 아직은 격차가 상당했다.

그러나 재건을 시작한 시간을 생각하면 말도 안 되는 속도였다.

지금과 같은 성장세라면 빠르면 삼 년, 늦어도 오 년 안에는 십대표국의 말석 자리를 노릴 수 있을 듯했다.

"저승에 가면 스승님과 전대 표국주님의 얼굴을 마주 볼 수는 있겠어."

엄밀히 따지자면 시작은 군호표국으로부터였다.

하지만 유하성이나 무당파가 아예 잘못이 없다고는 보기

힘들었다.

군호표국은 물론이고 군룡도문과 직접적으로 충돌한 게 유하성이었으니까.

물론 잘잘못을 따지자면 당연히 잘못한 쪽은 군호표국과 군룡도문이었다.

"근데 잘되어 가는 만큼 날파리도 참 많이 꼬인단 말이지."

흐뭇한 얼굴로 바삐 움직이는 대청표국의 식솔들을 지켜보던 유하성이 눈살을 찌푸렸다.

정문 쪽에서 마치 도발하듯 솟구치는 기세가 느껴져서였다.

점잖게 만남을 청하거나 초대를 하는 이들도 있지만 지금처럼 무작정 존재감부터 드러내고 보는 이들도 있었다.

아니, 정확하게는 대부분이 이런 경우에 속했다.

"오늘도 한 명 왔네? 완전 인기쟁이라니까. 하루가 멀다 하고 매일 찾아오네."

"재밌냐?"

"전혀. 처음에나 재미있지. 근데 진짜 나이를 먹을수록 고집만 느나 봐. 어떻게 한두 명도 아니고 전부 이럴 수가 있지?"

"예의를 차리는 건 인내심이 필요하니까."

"나이를 먹으면 진짜 자기중심적으로 변하나 봐. 아니면 나는 이래도 된다, 뭐 이렇게 생각하는 건가? 근데 사부님을 보면 또 그런 것 같지는 않고."

유하성과 마찬가지로 정문 쪽에서 느껴지는 기세에 이춘

상이 창가로 나와서 투덜거렸다.

정말 수준 높은 이라면 이렇게 대놓고 존재감을 드러내지 않았다.

일정 수준 이상만 느낄 수 있도록 섬세하게 존재감을 조절했다.

그러나 지금 정문에 있는 작자는 그렇지 않았다.

마치 '나는 이 정도 되는 사람이다!'라고 말하는 듯이 존재감을 폭발시키고 있었다.

그로 인해 표사들은 물론이고 무공을 익히지 않은 평범한 사람들도 화들짝 놀랐다.

"나도 궁금하네. 대체 왜 저러는 건지."

"네 성격에 대해서 모를 리 없을 텐데. 아니면 이게 가장 빠른 방법이라고 소문이라도 난 건가?"

"그럴지도 모르지."

유하성이 창틀을 밟았다.

웬만하면 무시하고 싶지만 그러기에는 피해를 받는 이들이 많았다.

그래서 유하성은 무표정한 얼굴로 정문을 향해 몸을 날렸다.

"같이 가자고."

"넌 왜?"

"구경하게. 면상도 좀 보고."

이춘상이 히죽 웃었다.

그러나 표정과 달리 두 눈은 조금도 웃고 있지 않았다.

탁.

단숨에 대청표국의 경내를 가로지른 유하성은 정문의 우측에 내려섰다.

그곳에 그를 부른 노인이 있어서였다.

은거기인이었다는 걸 몸으로 증명하듯 노인은 해질 대로 해진 낡은 무복을 입고 있었는데 눈빛만큼은 형형했다.

안광이 상당한 실력자임을 알려 주었던 것이다.

"이제야 왔군."

"방식이 너무 무례한 거 아닙니까?"

배분은 모르겠으나 연장자인 건 확실했다.

그렇기에 유하성은 일단 예의는 차렸다.

아무리 마음에 들지 않더라도 그는 무당파의 제자였다.

그것도 장로와 같은 배분이었기에 행동거지를 올바르게 할 의무가 있었다.

"무례하다니. 이 정도면 나름 예의를 차렸다고 생각하는데. 본 좌가 누굴 공격한 것도 아니고, 피해를 끼친 것도 없는데 말이지."

스스로를 본 좌라 칭하는 노인의 모습에 이춘상이 실소를 흘렸다.

두 마디만 들었음에도 어떤 성격인지 파악이 끝난 것이었다.

"무공을 익히지 않은 이들에게 피해를 주었습니다만."

"하지만 다친 사람은 아무도 없지 않나. 그럼 된 거지. 그리고 이런 방법이 아니라면 자네 얼굴을 볼 수나 있겠나? 아마 답신만 계속 기다려야 했겠지. 그럴 바에는 조금 고압적이긴 해도 이 방법이 낫지. 오래 기다리지 않고 바로 자네를 대면하지 않았나? 자네도 굳이 시간낭비 할 필요도 없고. 어중이떠중이들은 이런 방법은 아예 실행도 못 할 테니까."

노인이 히죽 웃었다.

방법이 조금 고압적이긴 해도 서로에게 좋지 않냐는 듯이 말이다.

그러나 그 말에 유하성의 표정은 더 이상 딱딱해지기 힘들 정도로 경직되었다.

이러니저러니 말을 했지만 결국은 자신이 편하기 위해서 강압적인 방법을 사용한 것이었다.

"무엇 때문에 찾아온 겁니까?"

"무인이 무인을 찾는데 무슨 이유가 있겠나? 당연히 무의 대화를 나누기 위해서이지. 자네도 느꼈을 텐데. 본 좌의 수준을 말이야."

노인이 뭘 새삼스럽게 물어보냐는 듯이 능글맞게 웃었다.

하지만 그의 대답에 유하성의 눈빛은 더욱더 싸늘해졌다.

"웃기는 노친네네. 어쩜 저렇게 자기만 생각하지?"

"뭐, 뭐라고? 노친네?"

표정만 변하는 유하성과 달리 이춘상은 특유의 거친 말로

들이박았다.

듣자듣자 하니 정말 다른 사람은 눈곱만큼도 생각하지 않는 것 같아서였다.

물론 자기 자신은 중요했다.

이 세상에서 가장 중요한 건 아무래도 자기 자신일 수밖에 없으니까.

그러나 그것도 정도껏 해야 했다.

무공이 고강하다고 해서 남에게 피해를 줄 자격이 있는 건 아니었다.

"노친네를 노친네라 그러지 그럼 뭐라고 부릅니까? 아니면 노물? 노괴?"

"뭐라! 개방의 후개가 이리도 방자할 줄이야!"

"방자한 건 그쪽이고요. 그래도 나름 존대를 해 주고 있는데, 늙어서 그런가 이건 안 들리나 봅니다?"

"이노옴!"

이춘상의 이죽거림에 노인이 일갈했다.

터질 것처럼 붉어진 얼굴로 노성을 터트렸던 것이다.

하지만 노인의 대성일갈에도 이춘상은 얄밉게 새끼손가락으로 귀를 후볐다.

노인이 대로하거나 말거나 일절 신경 쓰지 않았던 것이다.

"이놈 저놈 하기 전에 자기 이름부터 밝혀야 하는 게 예의 아닌가? 무례하게 방문해서 그런가 예의가 없네?"

"감히!"

"어허! 함부로 말하지 마쇼. 내가 나이는 어려도 배분은 어디 가서 꿀리지 않으니까. 혹시 아오? 노친네보다 내가 배분이 높을지."

부르르르!

존대를 하긴 하나 안에 담긴 내용은 신랄한 조롱이었다.

그렇기에 노인은 당장이라도 이춘상을 찢어 죽일 기세로 노려봤다.

손을 연신 꿈틀거리면서 말이다.

"그쯤 해."

"안 그래도 그만하려고 했어. 나이도 많은데 흥분하면 안 좋지. 피가 머리에 갑자기 쏠리면 큰일이 일어날 수도 있거든."

"이놈!"

"어르신도 그만하고 돌아가시죠. 불청객과 비무를 할 생각이 없으니. 정 비무가 하고 싶으면 정식으로 비무첩을 보내십시오."

유하성이 무미건조한 목소리로 중재했다.

가만히 놔두었다가는 진짜 충돌이 일어날 것 같아서였다.

"말도 안 되는 소리! 어영부영 미룰 것 아닌가!"

"어르신이 비무를 청할 권리가 있듯 저 역시 거절할 권리가 있습니다. 그리고 첫인상이 이런데 청을 받아 줄 마음이 생기겠습니까?"

유하성이 싸늘한 눈빛으로 노인을 쳐다봤다.

막무가내로 찾아와서 대뜸 비무를 하자고 하면 어느 누가 좋아할까.

심지어 그런 이들이 한둘이 아니었다.

그가 대청표국에 머문다는 사실이 알려지자 복건성에서 날고 긴다 하는 고수들이 전부 다 이곳으로 찾아왔다.

"나 정도 되는 무인과의 비무는 자네에게도 도움이 되건만!"

"그건 그쪽 생각이고요. 저와 비무가 하고 싶다면 정식으로 절차를 밟으십시오."

끝까지 억지를 부리는 노인의 모습에 유하성의 말투도 점점 거칠어졌다.

그걸 노인 역시 느낀 모양인지 주름이 자글자글한 이마에 굵직한 혈관이 튀어나왔다.

아무리 무작정 찾아왔다지만 이렇게 냉대할 줄은 몰라서였다.

체면을 생각해서라도 못 이기는 척 받아들일 거라 예상했는데 결과는 달랐다.

'하지만 포기할 수 없다.'

노인이 아랫입술을 깨물었다.

괜히 그가 이런 방법을 택한 게 아니었다.

한때는 복건성을 대표하는 고수가 그였다.

그러나 중원무림의 고수들과 비교하면 상대적으로 떨어진

다는 게 세간의 평가였다.

'머저리 같은 것들!'

하지만 노인은 그 생각에 동의할 수 없었다.

물론 전체적인 수준은 분명 중원무림에 비해 복건성이 떨어질 터였다.

괜히 변방무림이라 부르는 게 아니니까.

그러나 최상위 수준은 그리 차이 나지 않을 거라 확신했다.

'내가 그걸 오늘 증명할 것이다!'

이런 생각을 한 이가 적지 않다는 걸 노인 역시 알았다.

유하성과 이춘상이 괜히 짜증을 내는 게 아니었다.

하지만 그는 정말 앞서 찾아온 이들과는 달랐다.

'차기 천하십대고수라는 패왕을 제압하는 것으로 말이지!'

흘러간 세월만큼이나 나이를 먹었고, 이제는 그를 기억하는 이가 드물 정도로 잊힌 게 노인이었다.

그러나 강호에 위명을 떨치고 싶은 야망만은 여전했다.

아니, 그걸 위해 길고 긴 시간을 수련에 매진했다.

오직 천하에 자신의 이름을 남기겠다는 목표 하나만 바라보고서.

"……여기까지 와서 피하는 건가? 패왕이라 불리는 자답지 않은 행동인데."

"어쭙잖은 도발은 통하지 않습니다."

유하성이 고저 없는 목소리로 말했다.

노인의 속셈이 너무 훤히 보여서였다.

게다가 이런 도발은 처음이 아니었다.

사람의 생각이 거기서 거기라는 말처럼 다들 말이 통하지 않으면 하나같이 격장지계를 꺼냈다.

"그럼에도 비무를 해야겠다면?"

노인의 노안이 희번덕였다.

억지로 대결을 한 만큼 지게 된다면 망신도 그런 망신이 없겠으나 반대로 승리한다면, 패왕을 상대로 이긴다면 현재 유하성이 지니고 있는 모든 명예는 그의 것이 될 터였다.

복건성을 넘어 무림 전역에 그의 이름이 알려질 것이었다.

그걸 생각하자 노인은 더 이상 고민하지 않았다.

스윽.

모든 걸 얻거나 아니면 모든 걸 잃거나.

너무도 극단적이었으나 노인은 이미 결정을 내렸다.

사내대장부가 검을 뽑았으면 무라도 베어야 하는 법이었다.

게다가 직접 본 유하성은 패왕이라는 별호에 어울리지 않게 특별한 기도를 풍기지 않았기에 노인은 허리의 검병 위에 오른손을 올렸다.

"그거 뽑으면 몸 성히 집으로 돌아가지는 못할 겁니다."

"반대로 자네가 굴욕을 당할 수도 있지."

"저 노친네 눈 돌아갔어. 무슨 말을 해도 안 들을 거야."

옆에 있던 이춘상이 혀를 끌끌 찼다.

눈깔이 돌아간 게 무슨 말을 해도 소용이 없을 게 뻔했다.

이미 이런 경우가 몇 번 있었기에 이춘상은 눈빛만 봐도 상대가 무슨 생각을 하는지 알 수 있었다.

스르릉.

과연 이춘상의 말대로 노인은 검을 뽑았다.

유하성의 경고에도 끝내 욕망을 억누르지 못한 것이었다.

대청표국의 정문 앞이었기에 보는 이가 한둘이 아니었음에도 노인은 망설이지 않고 유하성에게 달려들었다.

이기기만 하면 뒷수습은 얼마든지 할 수 있다는 표정으로 말이다.

"하아압!"

일방적인 비무신청이었으나 확실한 건 효과가 있다는 것이었다.

탐욕이 그득그득한 얼굴로 노인은 유하성을 향해 검을 내질렀다.

평생 동안 수련한 무공의 정화를 단 일 초식에 담아서 말이다.

꽈아아앙!

그러나 억지로 비무를 성사시켰음에도 결과는 너무나 싱거웠다.

분명 노인이 쌓아 온 무공은 대단했다.

평생을 고련한 무공이니만큼 수준은 상당했다.

이춘상도 쉽사리 승리를 자신하지 못할 정도로 말이다.

하지만 딱 거기까지였다.

노인의 일검은 분명 깊고 강대했으나 유하성을 위협할 정도는 아니었다.

땅그랑.

패왕의 모습을 보고 싶어 하는 것 같기에 유하성은 십단금을 펼쳤다.

원하는 대로 십단금을 제대로 펼쳤던 것이다.

그 결과 노인은 검을 놓치며 주춤주춤 뒷걸음질 쳤다.

단 일격에 검객이라는 작자가 손아귀에서 검을 놓치는 모습에 이춘상은 조소를 흘렸다.

"으으......!"

노인 역시 자신의 추태를 알았기에 황급히 바닥에 떨어진 검을 줍기 위해 손을 뻗었다.

검객이 손에서 검을 놓친다는 게 어떤 의미인지 너무나 잘 알아서였다.

하지만 부끄러움보다 더 그를 굴욕스럽게 만드는 건 검을 주울 수가 없다는 점이었다.

덜덜덜!

더도 말고 덜도 말고 딱 한 번의 충돌이었다.

그런데 단 한 번의 격돌로 노인은 팔다리가 풀려 버렸다.

육신이 그의 의지대로 움직이지 않았던 것이다.

그런 자신의 상태가 노인은 너무나 치욕스러웠다.

'잡아! 잡으라고!'

부들부들 떨리는 오른손과 양다리에 있는 대로 힘을 주며 노인이 마음속으로 울부짖었다.

그러나 노쇠한 육신은 그의 의지를 따라 주지 못했다.

투웅.

가까스로 검병을 붙잡았으나 끝내 들어 올리지는 못했다.

떨림이 멈추지 않았기에 검을 붙잡을 수가 없었던 것이다.

털썩!

그 모습에 노인이 허망한 얼굴로 바닥에 주저앉았다.

다시 떨어지는 검과 함께 그의 자존심도 바닥으로 추락했다.

"또인가요."

"공표라도 해야겠어요. 다시는 이런 일이 일어나지 않도록."

장원에서 제갈령령과 남궁희수, 황주연, 서문예지가 가문의 무사들을 대동하고 우르르 달려 나왔다.

정문에서 벌어진 거대한 충돌과 소음에 황급히 뛰어온 것이었다.

그런데 네 사람 다 표정이 심상치 않았다.

"혀, 형님!"

제90장 안녕

뒤이어 백현승이 헐레벌떡 뛰어왔다.

곽두일과 함께 채신머리없이 달려왔던 것이다.

하지만 그 모습을 이상하게 생각하는 사람은 없었다.

두 사람에게 유하성이 어떤 존재인지 모르는 사람은 대청
표국 내에 없어서였다.

"뭘 그렇게 뛰어와? 이제는 익숙해질 때도 되었잖아?"

"죄송해서요. 제가 나름대로 대비를 했는데도 자꾸 이런
일이 벌어지니까요."

대청표국의 주인이지만 유하성의 앞에서는 작아질 수밖에
없었다.

아니, 그가 아니라 십대표국의 수장들이라도 이건 마찬가

지일 터였다.

적어도 복건성에서 유하성 이상 가는 위상을 지닌 이는 단한 명도 없었다.

"짜증 나기는 하는데 그게 네 뜻대로 되는 건 아니잖아. 전대고수들도 있었고."

"딱 까놓고 말하면 대청표국이 만만하다는 뜻이기도 하니까요. 십대표국이었다면 이렇게 제멋대로 행동하지는 않았겠죠."

백현승이 넋이 나간 노인을 째려봤다.

물론 초점이 돌아오면 언제라도 시선을 거둘 준비를 하고 있었다.

"그건 맞지."

"그래서 죄송스러울 수밖에요."

"근데 이건 어쩔 수 없는 일이야. 모두가 예의 있고, 점잖은 건 아니니까."

연신 고개를 숙이는 백현승의 모습에 유하성이 손을 휘휘 저었다.

이 모든 게 백현승의 탓은 아니었기 때문이다.

"그래서 말인데요. 제게 한 가지 생각이 있어요."

"좋은 생각이 있으십니까?"

그때 백현승의 귓가로 구원자의 목소리가 들려왔다.

똑똑한 것으로는 둘째가라면 서러워할 제갈세가의 재녀,

제갈령령이 입을 연 것이었다.

그녀의 목소리에 백현승은 물론이고 유하성과 곽두일, 이춘상을 비롯해서 모두의 시선이 제갈령령에게로 집중됐다.

"좋은 생각이 있으십니까?"

"저와 희수, 그리고 예지가 나서면 어떨까 해요. 일종의 공표를 하는 거죠."

"공표요?"

유하성이 고개를 갸웃거렸다.

무엇을 공표하려는 것인지 감이 잡히지 않아서였다.

반면에 이춘상이 묘한 표정을 지었다.

무언가 알 듯 말 듯 한 얼굴로 입가를 씰룩거렸다.

"나는 왜 쏙 빼요?"

"금와장은 아무래도 무림보다는 상계 쪽에 영향력이 집중되어 있으니까. 무림의 일은 무림세가가 나서는 게 아무래도 확실하지 않겠어?"

거론되지 않은 황주연이 쌜쭉한 표정으로 물었다.

하지만 이어지는 제갈령령의 설명에 납득할 수밖에 없었다.

"칫!"

"대신 주연이 네가 도와줄 일이 있어."

"뭔데?"

"공표한 사실을 퍼트려 줘. 복건성 곳곳에. 그건 금와장이 제일 잘하는 거잖아?"

"그렇긴 하지. 근데 뭘 공표하겠다는 거야?"

황주연이 못 이기는 척 받아들였다.

그러고는 가장 중요한 걸 물었다.

"지금처럼 막무가내로 유 공자님을 찾아오면 본 가와 남궁세가, 서문세가가 가만히 있지 않을 거라고. 그에 따른 책임을 져야 할 거라고 말이야."

"호오."

황주연은 물론이고 귀를 기울이던 모두가 나지막하게 탄성을 터트렸다.

확실히 세 가문의 이름이라면 제아무리 전대고수들이라고 하더라도 섣불리 일을 벌이지는 못할 터였다.

무당파와 유하성만 하더라도 부담이 되는데 거기에 세 가문이 합세한다면 적어도 한 번은 더 생각하게 될 것이었다.

"물론 그 전에 유 공자님께 허락을 받아야 하지만요."

"저야 도와주신다는데 거절할 이유가 없죠."

"그럼 이렇게 진행할게요."

"네."

"들었지?"

곧바로 허락하는 유하성의 모습에 제갈령령이 싱긋 웃었다.

그러고는 그대로 고개를 돌려 황주연을 쳐다봤다.

"알았어. 바로 진행할게."

"고마워."

"고맙기는. 언니를 위해서가 아니라 유 공자님을 위한 건데. 우리도 시끄러운 건 사실이니까."

"맞아. 한두 번도 아니고."

남궁희수가 눈살을 있는 대로 찌푸렸다.

처음 한두 번이야 역시 유하성이라는 생각에 내심 들뜨기도 했으나 이렇게 막무가내로 찾아오는 이들이 열 명을 넘어가자 짜증이 났다.

더불어 기가 찼다.

무인이라는 족속이 아무리 명성에 죽고 사는 이들이라고 하나 그래도 최소한의 예의라는 게 있는 법이었다.

"무례한 이들에게는 매가 약이지."

"매라는 게 꼭 때려야만 하는 건 아니니까."

황주연과 서문예지가 서로를 바라보며 싱긋 웃었다.

둘 다 같은 생각을 하는 것이었다.

"이래도 안 된다면 무력시위를 하는 방법도 있고."

"빈객이기에 최대한 조용히 있으려고 했는데, 이러면 이야기가 달라지지."

"그러니까."

이번에는 제갈령령과 남궁희수가 서로를 바라봤다.

똑같은 미소를 지으면서 말이다.

"저도 좀 더 노력해 보겠습니다."

거기에 곽두일이 조심스레 합류했다.

대청표국의 대표두로서 그 역시 책임을 통감해서였다.

그래서 곽두일은 유하성의 낯을 볼 면목이 없었다.

"일단 정리를 하자고. 부탁한다."

"넵! 저에게 맡겨 주세요!"

아직도 정신을 차리지 못하는 노인에게로 백현승과 곽두일이 달려갔다.

뒷정리까지 유하성에게 맡길 수는 없어서였다.

사태를 미연에 방지하지 못했다면 뒷정리라도 제대로 해야 했기에 백현승은 서둘러 움직였다.

"결국 이날이 오는구나."

"흑흑! 건강해야 해!"

"언제 또 볼 수 있을지 모르겠다⋯⋯."

"또 놀러 와! 유 공자님이랑 꼭! 약속이야!"

이른 아침부터 대청표국은 울음바다가 되었다.

유하성 일행이 떠나기로 한 날이 되자 무당산에서부터 같이 온 아이들이 전부 나와서 울거나 훌쩍이고 있었다.

이제는 장정이라 해도 과언이 아닌 남자애들은 눈물을 보이지 않겠다며 입술을 꼭 다물고 있었으나 눈시울이 붉어져 있었다.

여자애들은 아예 눈물을 참지 않았고.

"그럴게, 언니."

"다치지 말고. 유 공자님 잘 모시고. 우리 몫까지. 알았지?"

"언니들이 그렇게 말 안 해도 잘할 거야. 걱정 마."

"하긴. 우리가 걱정할 필요는 없지."

이소향의 곁에 모여 있던 여자애들이 눈물 가득한 얼굴로 웃었다.

울음 반, 웃음 반의 모습이라고나 할까.

그런데 그건 이소향도 마찬가지였다.

처음에는 씩씩하게 작별 인사를 하던 이소향도 끝내는 눈물을 흘렸다.

"언니, 오빠 들이 걱정이지. 쟁자수로 표행에 참여하는 오빠들이 늘고 있으니까. 앞으로는 대청표국의 규모도 더욱 커질 거고."

"그래도 일이 없는 것보다는 낫지. 돈을 벌어야 먹고사니까. 또 시집도 가려면 지금부터 밑천을 만들어야 하고."

"이미 살림을 꾸리려고 하는 애들도 있어."

양 볼에 주근깨가 가득한 여자애가 소곤거리듯이 말했다.

주변의 눈치를 살피면서 말이다.

그런데 남자애들은 유하성과 이춘상, 원상, 원호, 원경에게 몰려 있어서 다행히 이쪽에는 신경을 쓰지 않고 있었다.

"정말?"

"응. 나이가 열일곱, 열여덟이면 혼인하는 게 이상하지는 않으니까. 오히려 일찍 혼인해서 돈을 모으겠다는 생각 같아."

"나도 나쁘지 않다고 생각해."

이소향이 눈을 동그랗게 떴다.

몇몇 언니, 오빠 들의 주고받는 눈빛이 심상치 않다고 생각하긴 했는데 이 정도로 진전이 있을 줄은 몰라서였다.

"잘됐으면 좋겠다."

"소향이도 올 수 있으면 와. 사부님과 같이."

"지금 확답은 못 할 거 같아. 나는 몰라도 사부님의 일정이 어떻게 될지 모르니까."

"같이 오면 정말 좋을 텐데. 얼굴도 보고."

여자애들이 얼굴 가득 아쉬운 표정을 지었다.

혼인을 핑계로 또 봤으면 싶어서였다.

그리고 유하성과 이소향의 축복을 받으면 더할 나위 없이 기쁠 터였다.

"조심히 가, 소향아."

"현승 오빠!"

소녀들의 대화가 어느 정도 마무리되는 듯하자 백현승이 슬그머니 다가왔다.

그도 작별 인사를 하러 이소향을 찾은 것이었다.

"많이 도와줘서 고마워. 여기까지 같이 와 주고."

"나야 사부님을 따라온 것밖에 없는데."

"와서 많이 도와줬잖아. 알게 모르게 신경 많이 써 줬다는 거 알아. 아이들도 네 덕분에 적응을 빨리했고."

"내가 한 건 진짜 별로 없는데."

부담스러울 정도로 고마워하는 백현승의 모습에 이소향이 멋쩍게 웃었다.

빈말이 아니라 정말로 스스로 생각하기에 딱히 큰 도움을 준 게 없었다.

자잘한 도움을 준 건 맞았지만 말이다.

"부탁하기 전에 먼저 나서서 도와주었잖아. 그게 진짜 큰 거거든. 내가 생각하는 진짜 선의이기도 하고. 그러니까 이 빚은 나중에 꼭 갚을게. 나는 절대 빚을 잊어버리는 남자가 아니거든."

"남자?"

이소향이 개구쟁이 같은 표정으로 고개를 갸웃거렸다.

남자라고 자부할 정도는 아니라고 생각해서였다.

그걸 읽은 듯 백현승도 허세 가득한 표정을 지었다.

"당연히 남자지. 사내대장부이기도 하고."

"뭐, 알았어. 그리고 일단 기억은 해 둘게."

"상당히 기분 나쁜데. 특히 일단이라는 단어가."

"기대하지 않겠다는 거야. 그래야 나중에 보답을 받았을 때 기분이 좋지 않겠어?"

"음흉해졌어. 순진하고 순수했던 소향이는 이제 기억에만 남은 건가."

백현승이 한탄하듯 중얼거렸다.

그러나 그 말에도 이소향은 눈 하나 꿈쩍하지 않았다.

"다음에 봐, 오빠."

"너도 조심히 가고. 형님이 계시니 걱정은 안 된다만. 오히려 내가 걱정이지."

"잘할 거야."

"그래야지."

백현승이 살짝 자신 없는 표정을 지었다.

지금까지는 잘해 왔으나 앞으로도 그럴 거라는 보장이 없어서였다.

유하성이 있고 없고의 차이가 상당할 거라는 걸 누구보다 백현승 본인이 잘 알았다.

하지만 언제까지나 유하성의 도움만 받을 수는 없었다.

'홀로 서야지. 나도 남잔데.'

도움은 충분하다 못해 넘치도록 받았다.

그러니 이제는 홀로서기를 해야 할 때였다.

더 이상 바라는 건 욕심을 넘어 염치가 없는 것이었다.

"정말, 정말 감사합니다!"

"공자님께 받은 은혜는 평생 잊지 않고 가슴에 새기겠습니다!"

"기회가 된다면 반드시 보답하겠습니다!"

한편 유하성 역시 아이들과 작별 인사를 나누고 있었다.

무당
패왕
武當霸王

그런데 분위기가 이소향이나 원상, 원호, 원경과는 많이 달랐다.

아쉬워하면서도 담담하게 작별 인사를 나누는 그들과 달리 유하성의 앞에 선 아이들은 하나같이 울먹거렸다.

남녀 불문하고 하나같이 눈물을 글썽거렸던 것이다.

"보답은 무슨. 건강히, 잘 살면 그걸로 됐다."

"아니에요. 꼭, 꼭 갚고 싶어요."

"저희들이 삐뚤어지지 않고 이렇게 사람답게 살 수 있게 된 건 전부 다 공자님 덕분이니까요."

"언제나 건강하시고, 무탈하셨으면 좋겠어요."

손을 가볍게 휘휘 젓는 유하성과 달리 아이들은 당장 절이라도 할 것처럼 몸을 들썩거렸다.

여자아이들의 경우 실제로 울기도 했고 말이다.

아무도 신경 쓰지 않던 이들을 무당산으로 데려와 먹여 주고 가르쳐 준 이가 유하성이었다.

그렇다 보니 아이들에게 있어 유하성은 두 번째 부모님이나 마찬가지였다.

"너희들도 건강하고. 다치지 말고. 행복하게 살았으면 좋겠구나."

오만 가지 감정이 휘몰아치는 아이들의 눈을 하나하나 마주하며 유하성은 손을 붙잡아 주었다.

아이들이 정이 든 것처럼 유하성 역시 마찬가지였다.

성격이 무뚝뚝하다고 해서 정이 없는 건 아니었다.

"크흑!"

"감사합니다. 정말 감사합니다……!"

"저희들을 거둬 주셔서 정말 감사했습니다!"

"버리지 않아 주셔서 정말 감사했어요."

한 명씩 손을 잡아 주기 무섭게 아이들이 울음을 터트렸다.

울리려고 한 건 아닌데 여자애들은 물론이고 남자애들도 대성통곡하며 눈물을 쏟아 내자 유하성은 오히려 당황했다.

이게 이렇게나 울 만한 일인가 싶어서였다.

그러나 유하성은 아이들이 무안해하지 않도록 다독여 주었다.

"또 볼 건데 왜 다시는 안 볼 것처럼 울어? 거리가 거리인 만큼 자주는 힘들겠지만 소향이와 가끔씩 찾아올 테니까 너무 아쉬워하지 마."

"진짜 오실 거죠?"

"물론이지. 일정만 맞는다면 너희들 시집, 장가 갈 때도 오마."

움찔!

생각지도 못한 말이 나와서일까.

아이들이 일제히 얼어붙었다.

특히 서로에게 특별한 감정을 가진 아이들이 빠르게 상대방을 바라봤다.

마치 '나 이 사람이랑 만나고 있어요.'라고 알려 주는 듯이 말이다.

"호오. 지금 눈빛교환하는 사람들이 그렇고 그런 사이란 말이지?"

흠칫!

그때 아이들의 귓가로 백현승의 목소리가 들려왔다.

이제는 고용주가 된 백현승의 음성에 아이들이 화들짝 놀라며 시선을 옮겼으나 이미 대부분은 관계파악이 된 상태였다.

"남녀가 같이 지내다 보면 감정이 싹틀 수도 있지. 왜 그걸 가지고 무안을 줘?"

"무안이라니요. 표국주로서 어느 정도는 알아 두어야 실수를 하지 않을 거 아닙니까?"

"그런 용도로 사용할 거 같지 않은데."

유하성이 고개를 저었다.

말과 달리 다른 용도로 사용할 게 그의 눈에는 훤히 보여서였다.

"설마요. 저 그렇게 무도한 사람 아닙니다. 오히려 저는 만남을 환영하는 쪽입니다. 양가 어른은 없지만 그 자리를 빛내 줄 사람 중 하나가 저 아니겠습니까?"

"곽 대표두님이라면 모를까 넌 아니지."

"에이. 저도 이제 나름 복건성의 거물입니다?"

"십 년은 일러."

유하성이 코웃음 쳤다.

그런데 그건 유하성만이 아니었다.

옆에서 아이들과 장난치듯 작별 인사를 하던 이춘상도 마찬가지였다.

대청표국주인 건 사실이지만 아직 거물이라고 칭하기에는 많이 부족했다.

"너무하세요."

"어깨에 힘주지 말고 겸손하게 살아. 초심 잃지 말고."

"그거야 당연하죠."

"무모한 짓 하지 말고. 하지 말아야 할 것만 안 하면 무사평안할 거다."

별거 아닌 듯하지만 의외로 많은 사람들이 지키지 못하는 것들을 유하성은 말했다.

진심으로 잘되기를 바라면서 말이다.

여기까지는 그가 도와줄 수 있지만 이 이상은 오로지 백현승의 몫이었다.

대청표국을 더 키워 나갈지, 다시 고꾸라질지는.

"금과옥조와도 같은 말씀, 뼈와 머리와 가슴에 새기겠습니다. 그리고 정말, 정말 고맙습니다. 만약 형님께서 도와주시지 않았다면 지금의 저는 없었을 거예요. 대청표국을 다시 일으켜 세우지도 못했을 거고요."

갑자기 장난기를 쏙 빼고서 백현승이 절도 있게 허리를 숙였다.

유하성을 향해 머리를 땅에 닿을 듯이 숙였던 것이다.

그런 백현승의 눈가는 촉촉이 젖어 있었다.

"내가 도와준 건 맞지만, 지금의 대청표국을 만든 건 너다. 그러니 전부 내 공으로 돌릴 필요는 없어. 나만 도와준 것도 아니고. 나를 포함해서 많은 이들이 함께 도와준 거다."

"그래도 형님께서 가장 많이 도와주신 건 사실이니까요."

"어른들이 쌓은 공덕 덕분이라고 생각해."

"당연히 그것도 알고 있죠. 그래도 감사한 건 감사한 거니까요."

백현승이라고 모르지 않았다.

어째서 유하성이 자신을, 대청표국을 이렇게 도와주는지 말이다.

하지만 어쩔 수 없이 도와주는 것과 진심으로 도와주는 건 현격한 차이가 있었다.

그리고 유하성은 당연히 후자였었다.

"표국주가 울어서야 쓰겠느냐. 아이들도 보고 있는데."

"괜찮습니다. 저 혼자 울면 바보 같겠지만 지금은 전부 다 우니까요. 지금 이 순간 우리는 모두 같은 마음입니다."

"안 우는 사람도 있는데?"

유하성이 멀뚱히 서서 이곳을 바라보는 사람들을 눈짓했다.

무당산에서부터 함께 온 이들이 아닌, 복주에서 채용한 사람들이었다.

어떤 상황인지 모르지는 않았으나 크게 공감할 수는 없기에 다들 멀찍이 떨어져서 지켜보고만 있었다.

"가슴으로는 이해 못 해도 머리로는 이해할 겁니다. 저와 형님의 관계를 모르지 않으니까요. 이 대협께도 정말 감사하고 있습니다. 도와주신 거는 절대 잊지 않고, 제가 도울 수 있는 일이 있다면 언제라도 돕겠습니다."

"그럴 날이 빨리 왔으면 좋겠네."

유하성만큼은 아니지만 이춘상도 바빴다.

표면적으로는 유하성이 주도한 것으로 알려졌으나 이춘상의 역할도 결코 적지 않았다.

보이지 않는 곳에서 아이들을 챙기고 보살핀 게 이춘상이었다.

그걸 아이들도 알았기에 이춘상의 주변에도 꽤 많은 아이들이 모여 있었다.

"삼 년 안에 십대표국에 뽑히는 걸 목표로 하고 있습니다."

"꿈은 크면 클수록 좋으니까. 힘내."

"그보다 더 빨리 이뤄 낸 모습을 보여 드리죠."

"패기는 좋네."

"하하. 제가 또 패왕의 동생이지 않습니까?"

"그런 말은 함부로 하지 말고."

이춘상이 피식 웃으며 단호하게 말했다.

武當霸王
무당
패왕

따지고 보면 틀린 말은 아니지만 백현승은 아직 그 말에 책임을 질 정도는 아니었다.

입으로 흥한 자 입으로 망한다는 말처럼 언행은 조심하고 또 조심해야 했다.

"마지막까지 너무하십니다."

"원래 진짜 도움이 되는 충고는 써."

볼멘소리를 하는 백현승의 모습을 일별하며 이춘상은 고개를 돌렸다.

유하성이 어디 갔나 찾는 것이었다.

잠시 후 원상과 원호, 원경에게 가 있는 유하성의 모습이 보였다.

"오늘 하루는 분위기가 무겁겠어요."

"어쩔 수 없지. 이별이라는 게 그런 거니까. 더욱이 몇 년을 함께 살았는데. 당연히 후폭풍이 클 수밖에. 그렇다고 평생 같이 지낼 수도 없는 거니까."

"그렇죠."

백현승이 씁쓸한 표정으로 대답했다.

그라고 모르지 않았다.

다만 아쉬울 뿐이었다.

더욱이 아이들은 그보다 더 어리니 후폭풍이 더 클 수밖에 없었을 터였고.

"이제 그만 가자."

"네."

인사가 얼추 마무리된 듯해 보이자 유하성이 입을 열었다.

더 있어 봤자 더 힘들어질 뿐이었다.

그럴 바에는 빨리 떠나는 게 나았다.

이대로 영영 헤어지는 것도 아니었으니까.

"조심히 가세요!"

"다음에 뵙겠습니다!"

유하성의 한마디에 장내가 빠르게 정리되었다.

동시에 곳곳에서 울음이 터졌다.

이제 정말 마지막이라는 생각이 들어서였다.

흑풍을 비롯한 말들도 슬픈 분위기라는 걸 아는지 조용히 주인의 곁에 서 있었다.

"그래. 다음에 보자."

손을 들어 보이며 유하성이 짧은 인사를 남기고 몸을 돌렸다.

미련 없이, 어떻게 보면 매정할 정도로 몸을 돌리고서는 단 한 번도 뒤돌아보지 않고 걸음을 옮겼다.

그 뒤를 이소향과 이춘상, 원호와 원상, 원경, 그리고 여인들이 따랐다.

달리 검산(劍山)이라 불리기도 하는 화산의 모습에 유하성

무당
패왕
武當霸王

은 감탄을 금치 못했다.

어째서 검산이라는 별명이 붙었는지 화산을 직접 보니 납득이 되었던 것이다.

그 정도로 화산은 보는 이에게 위압감을 주었다.

"떠, 떨어지면 정말 크게 다칠 것 같아요."

"괜히 화산파 제자들의 경신술이 뛰어난 게 아니지."

유하성과는 다른 의미로 탄성을 내지르는 이소향을 향해 원호가 씨익 웃으며 말했다.

화산이 처음인 유하성, 이소향과 달리 원호는 무당파의 제자가 되기 전에도 화산파를 찾은 적이 있었다.

"사숙께서도 화산은 처음이시죠?"

"응. 말은 많이 들었지만. 예전에 한번 가 볼까 했었지만 못 갔었지."

"그때가 떠오르는군요."

원상이 옅게 웃었다.

과거 유하성이 처음 무당산을 하산하고서 복건성을 지나 강호를 유람하던 때가 떠올라서였다.

그때는 첫 단추를 잘못 끼워서 분위기가 썩 좋지 않았었다.

눈치를 보며 유하성을 따라다니기만 했었으니까.

"분위기가 지금과는 사뭇 달랐었지."

"근데 그건 저나 원호가 실수한 게 맞으니까요. 정확하게 말하면 원호 녀석이 정말 큰 실수를 했지요."

"실수요?"

유하성의 옆에서 나란히 걸어가던 이소향이 눈을 반짝였다.

그런데 그건 네 명의 여인들도 마찬가지였다.

이런 이야기는 처음 들어서 그런지 다들 눈을 빛내며 궁금하다는 표정을 지었다.

"크흠! 왜 옛날얘기를 꺼내고 그래? 다 지나간 일인데. 과거는 그냥 흘려보내는 게 가장 좋아."

심상치 않은 분위기를 느낀 모양인지 원호가 크게 헛기침을 했다.

누가 봐도 당황한 기색이 역력한 모습으로 말이다.

하지만 그럴수록 모두의 궁금증은 더욱 커져 갔다.

"잊지 않는 것도 중요하지. 기억하고 있어야 똑같은 실수를 안 하니까."

"으음!"

유하성이 거들듯이 말하자 원호가 침음성을 흘렸다.

지금이야 다 뉘우치고 그때 자신이 실수를 했다는 걸 인정하지만 그렇다고 해서 민망하지 않은 건 아니었다.

더욱이 원상만 있던 그때와 달리 지금은 이소향과 원경이 있었다.

사매와 사제가 함께 있었기에 원호의 얼굴이 터질 듯이 붉어졌다.

"유 공자님께 실수라. 왠지 예상 가는 게 있는데요?"

"나도. 왠지 모르게 떠오르는 게 있어."

"그치?"

얼굴이 붉어진 원호의 모습에 제갈령령과 남궁희수가 의미심장하게 웃었다.

부연설명은 없었으나 예상 가는 게 하나 있어서였다.

서문예지와 황주연도 말은 하지 않았지만 마찬가지라는 듯이 묘한 표정을 지으며 눈빛을 교환했다.

"아마 예상하는 게 맞을 겁니다."

"야!"

"다른 분들도 있는데 목소리는 낮추지? 원경 사제는 그렇다 치더라도 사매가 있는데."

버럭 소리를 지르는 원호의 모습에 원상이 눈살을 찌푸렸다. 다른 사람들도 있는데 그걸 생각하지 않는 듯해서였다.

더욱이 이곳은 무당산이 아닌 화산이었다.

"으윽!"

"어서 오십시오."

한데 그때 원호에게 구원자가 나타났다.

산문에서 일행을 기다리고 있던 현광과 매화검수들이 웃으며 다가왔던 것이다.

"오랜만."

"초대에 응해 줘서 고마워."

"나야말로 고맙지. 사실 가 보고는 싶었는데 아는 사람이 없어서 저번에는 못 들렀거든."

"본 파의 문턱은 그리 안 높은데?"

유하성의 말에 현광이 눈을 살짝 크게 떴다.

무당산, 소림사와 마찬가지로 모두에게 열려 있는 곳이 화산파였다.

누구는 되고, 누구는 안 되는 건 없었다.

물론 무명이 높다면 대접을 받는 건 당연했으나 그건 어딜 가나 똑같았다.

"그냥 꺼려지더라고."

"그렇다면 이번에 제대로 구경하면 되겠네."

"근데 구경하다가 떨어질 거 같은데?"

"다들 처음 보면 그렇게 생각하는데, 선입견이야. 험한 곳은 험하지만 안 그런 곳도 많아. 그냥 험하기만 했으면 중원 오악의 하나가 되지는 못했겠지. 명산이 아니라 흉산이라 불렸을걸."

현광이 빙그레 웃으며 말을 이었다.

워낙에 뾰족뾰족한 봉우리가 많기에 처음 방문한 사람들은 지레 겁부터 먹지만 화산이 꼭 위험하지만은 않았다.

의외로 추락사고도 별로 없었고.

있긴 하지만 대부분이 개인의 부주의로 일어난 사고였다.

"확실히 오악이라 불릴 만하긴 해. 특징이 확실하다고 할까. 어찌 보면 산 자체가 험해 보여서 사고가 덜 날 수도 있겠다. 사람들에게 경각심을 줘서."

"맞아. 그리고 나에게는 더없이 아름다운 산이야. 내 고향이자 집이기도 하고. 네가 무당산을 생각하는 것처럼."

"그렇겠지."

유하성은 고개를 주억거렸다.

이 말에는 그도 동의해서였다.

"소향이는 화산을 본 소감이 어떠니?"

"인상적이에요."

"어떤 의미에서?"

"어……."

이소향이 눈을 껌뻑였다.

순간적으로 말문이 막힌 것이었다.

보통은 아름답다고 표현할 수 있는데 화산은 그렇지 않았기에 이소향은 빠르게 고민했다.

적당한 표현이 무엇이 있을까 하면서 말이다.

"질문에 대한 답은 생각나면 하는 걸로."

당황해하는 이소향을 유하성이 구해 주었다.

어째서 당혹스러워하는지 그 이유에 대해서 잘 알아서였다.

그사이 매화검수들은 원상을 비롯하여 일행과 인사를 나누었다.

무당산에서 매일같이 치고받으며 대련해서 그런지 다들 반가운 기색이었다.

"자, 그럼 들어가자. 사부님께서 기다리고 계시거든."

"호오. 장문인께서?"

눈인사만 하고 조용히 서 있던 이춘상이 살짝 놀란 표정을 지었다.

그리고 유하성은 다른 의미로 놀랐다.

"우리를?"

"정확하게는 너지."

"허! 나는 아니고?"

이춘상이 자존심 상한다는 표정을 지었다.

아무리 그래도 자신은 개방의 후개인데 너무 차별대우하는 것 같아서였다.

"그래도 다 같이 데려오라고 하셨다."

"이미 늦었어."

이춘상이 입술을 삐죽 내밀었다.

이미 기분이 상할 대로 상했다는 듯이 말이다.

그러나 안타깝게도 이춘상의 기분에 신경 쓰는 이는 아무도 없었다.

"가자."

유하성마저 별다른 말 없이 가자고 하자 현광은 웃으며 몸을 돌렸다.

제91장 화산파에서

인원이 적지 않은 만큼 현광은 장문인의 집무실이 아닌 응접실로 일행을 안내했다.

그런데 놀랍게도 응접실에는 장문인이 먼저 와 있었다.

천하십대고수의 한 명이자 화산무제라 불리는 천강이 일행을 기다리고 있었던 것이다.

"모두 오랜만이야."

"안녕하십니까."

"앉지."

이소향을 제외하면 모두가 한 번 이상은 만나 보거나 스치듯이 마주쳤던 적이 있었기에 천강은 짧게 인사하며 자리를 권했다.

특히 그는 이소향을 유심히 주시했다.

다른 이들은 안면이 있지만 이소향은 처음이었기 때문이다.

더구나 다른 이도 아니고 유하성의 제자였기에 천강은 이소향에게 관심이 많았다.

"안녕하세요. 이소향입니다."

그런 천강의 시선을 느낀 듯 이소향이 공손히 포권을 했다.

이제는 제법 야무지게 무림의 예법대로 인사했던 것이다.

그 모습에 천강은 자기도 모르게 입가에 미소를 지었다.

"반갑구나. 이 늙은이는 천강이라고 한단다."

"만나 뵙게 되어 영광이에요!"

"영광까지야. 나보다 더 유명한 사람과 앞으로 더 유명해질 이와 함께 지냈으면서."

"네?"

이소향이 눈을 동그랗게 떴다.

무슨 말인지 이해가 되지 않았던 것이다.

"무당에는 검선과 패왕이 있지 않더냐."

"아!"

"그러니 날 만난 게 영광은 아니지. 이런 자리가 흔치 않기는 해도 말이야."

천강이 짓궂게 웃으며 말했다.

당황하는 이소향의 모습을 보니 왠지 모르게 장난을 치고 싶어졌다.

겸사겸사 이소향의 반응도 지켜보고 말이다.

'근골은 들은 대로 평범하군.'

인자하게 웃고 있었으나 천강의 시선은 예리하게 이소향을 살피고 있었다.

부드럽게 대화하면서도 살필 건 다 살펴봤던 것이다.

'하지만 근골이 전부는 아니니까.'

근골은 무재에 있어 기본 중의 기본이었다.

전부는 아닐지라도 절대적이라 할 정도로 매우 중요한 것 중 하나였다.

그러나 그 고정관념을 산산이 박살 낸 게 바로 이소향의 사부인 유하성이었기에 천강은 섣불리 판단을 내리지 않았다.

"저에게는 영광입니다!"

"녀석. 나 그렇게 무서운 사람 아니니까 그리 긴장할 거 없다. 명천을 대하듯 편하게 말해도 돼."

"사백조님도 어려운데요."

"하하하! 그래?"

천강의 표정이 확 밝아졌다.

서신으로 그렇게 자랑을 했는데 그게 다 허풍임을 이번의 대답으로 알 수 있어서였다.

"아, 이건 말하면 안 되는 것 같은데……."

이소향이 뒤늦게 퍼뜩 놀라며 눈치를 살폈다.

괜한 말을 한 것 같아서였다.

하지만 이소향의 걱정과 달리 지켜보던 모두가 웃고 있었다.

뒤에서 욕하는 것도 아니고 솔직한 마음을 말한 건데 실수라고 할 수 없었다.

"괜찮아. 모두 다 알고 있는 사실이니까."

"흠을 말한 것도 아닌데."

"이 이상은 좀 위험하겠지만."

원호와 원상, 원경이 이소향을 다독이듯이 말했다.

이 정도는 귀여운 실언이라고 할 수 있어서였다.

"그래, 취선은 잘 지내고?"

"여전하십니다."

"그 녀석은 술 좀 줄여야 해. 이제는 적은 나이가 아닌데."

"장로님들 중에 그 말을 하신 분이 있는데, 타구봉이 날아왔다고 들었습니다."

"성격하고는."

천강이 혀를 끌끌 찼다.

세 살 버릇 여든까지 간다는 속담처럼 정말 그렇게 되어 가는 것 같아서였다.

더구나 취선은 거지라고 체면도 신경 쓰지 않았다.

"저는 지금처럼 사시는 게 좋다고 생각합니다. 하고 싶은 건 하면서 살아야죠. 그리고 사람이 갑자기 변하면 위험합니다."

"하긴. 네 말도 일리가 있다. 지금 와서 바뀌면 죽을 때가 되었다는 뜻이지."

잔소리하듯 말하기는 했으나 그 안에는 걱정이 서려 있었다.

이제는 몇 없는 친구 중 한 명이 취선이었다.

또한 개방의 방주이기도 했고.

그렇기에 천강은 혼자 납득했다.

"제가 보기에는 백 세까지는 거뜬하실 듯합니다."

"그건 네 생각이고. 사람 앞일은 아무도 모른다. 오늘 멀쩡해도 내일 귀천하는 게 사람이야. 나 역시 마찬가지고."

"그렇긴 합니다."

이춘상은 적당히 맞장구를 쳐 주었다.

이게 다 사부를 걱정해서 하는 말임을 잘 알아서였다.

"그래, 얼마나 머물 생각인가?"

"따로 정해 놓고 오지는 않았습니다. 현광이 한번 놀러 오라고 한 게 기억나서 온 거라 적당히 머물다가 떠날 생각입니다."

이춘상과의 대화를 마무리 지은 천강의 시선이 유하성에게로 향했다.

일행의 중심이 유하성임을 잘 알아서였다.

"오래 머물러도 되니까 부담 느끼지 말고 편히 지내다 가게. 화산과 무당은 오랜 친구 사이이니."

"감사합니다."

"더욱이 현광과 아이들이 전에 신세를 지지 않았나. 그러니 마음 편히 머물다 가게나."

"예."

이소향에게 은근히 장난을 치는 모습이 묘하게 명천과 겹쳐 보였다.

하지만 천강은 이내 화산파의 장문인다운 위엄을 보이며 말했다.

"필요한 게 있으면 언제라도 현광을 통해 말하고."

"생기면 그리하겠습니다."

"그래, 아직 짐도 풀지 못했을 텐데 우선은 숙소부터 가게. 안내는 누가 하기로 했지?"

"현우가 한다고 했습니다."

현광의 대답에 천강의 눈썹이 살짝 꿈틀거렸다.

의외의 이름이 나와서였다.

"현우 그 녀석이?"

"예."

"무당산에서의 일로 철이 들었으니 너무 걱정하지 않으셔도 됩니다."

"그랬나?"

현광의 말에도 천강은 고개를 갸웃거렸다.

그러나 이내 고개를 끄덕였다.

제자가 아무 생각 없이 말할 리는 없다고 생각해서였다.

"그럼 일어나 보겠습니다."

"이따 저녁이나 함께하지."

"예."

유하성이 일어나자 일행도 몸을 일으켰다.

그러고는 천강에게 짧게 묵례하고는 응접실을 나섰다.

"저 아이에게는 정체기라는 게 없는 모양이야."

모두가 나가고 응접실에는 천강과 현광만이 남았다.

오랜만에 두 사제가 오붓하게 마주 앉았던 것이다.

"저도 그렇게 생각합니다."

"보통 저 정도 수준이 되면 성취가 지지부진하기 마련인데."

"괜히 춘상이가 괴물이라 부르는 게 아닙니다."

"참 신기하단 말이지. 아무리 봐도 천재 쪽은 아닌데."

천강이 의자 팔걸이에 팔을 올리며 턱을 괴었다.

둔재나 범재는 절대 아니었다.

하지만 그렇다고 천재나 기재 쪽도 절대 아니었다.

그건 천강이 이름을 걸고 자신할 수 있었다.

"노력이 어마어마합니다. 하루에 한 시진만 자고요."

"나도 알아. 듣는 게 있으니까. 그렇지만 노력의 영역도 한계가 있는 법이야. 흔히들 말하지. 노력은 누구나 할 수 있다고. 하지만 이걸 실천하는 이는 의외로 없어. 그리고 노력한다고 해서 모두가 똑같은 결과를 만들어 낼 수는 없지. 지닌 바 재능에 따라 노력의 효과도 달라지니까."

"맞습니다."

"그런데도 그걸 뛰어넘었단 말이지."

"무학 쪽에도 특별한 재능이 있습니다. 태극권에서 무당파의 모든 무공이 흘러나왔다지만 제가 보기에는 새로 창안한 것이나 마찬가지입니다."

육체적인 능력, 흔히 근골이라 말하는 부분에서 유하성의 재능은 평균보다 조금 높은 정도였다.

객관적인 관점으로 보면 말이다.

그러나 유하성에게는 대신 비상한 두뇌가 있었다.

단순히 똑똑함을 뛰어넘는 무언가가 말이다.

"네 말이 맞다. 복원이 쉬웠다면 무당의 그 수많은 천재들이 해내지 못했을 리가 없지. 우리와 마찬가지로 무당 역시 천재들이 얼마나 많았는데. 그럼에도 해내지 못한 걸 유하성이 성공했다면 분명 특별한 무언가를 가지고 있을 가능성이 커. 그것 말고는 설명되는 게 없고."

"긴 시간은 아니지만 제가 보아 온 하성이는 뭐랄까. 조금 달랐습니다. 생각하는 게요. 예를 들면 똑같은 걸 보는데 다른 걸 찾아낸다고나 할까요. 관점과 생각하는 게 저나 춘상이와는 많이 달랐습니다."

"생각의 힘이라는 게냐?"

"저는 그렇게 생각합니다. 그래서 저도 다르게 생각하려 노력하고 있습니다. 과연 제가 알고 있는 게 정확한 걸까. 이게 전부일까 하고요."

"흐음."

천강이 턱을 쓰다듬었다.

제자의 말을 들으니 이상하게 머릿속이 간질거리는 느낌이었다.

무언가 찾아올 것도 같은 느낌에 천강은 연신 고개를 갸웃거렸다.

"또 하성이가 해냈다면 저도 해낼 수 있지 않겠습니까. 번천회의 일도 있고. 개방은 이미 진즉부터 무공의 개량 작업에 들어갔습니다."

"우리가 늦기는 했지. 아니, 아예 생각지도 못했으니까."

천강이 입맛을 다셨다.

관습적이라는 말로 딱 표현할 수 있었다.

누구도 자파의 무공을 발전시켜야 한다는 생각을 못 했다.

그저 있는 그대로 완벽하다고 생각하기만 했을 뿐.

'하지만 그건 착각이자 오만이었지.'

전통을 이어 나가는 건 분명 중요했다.

그러나 딱 그것만 한다면 발전은 없었다.

번천회는 그걸 천하무림에 알려 주었다.

'유일하게 파훼법을 피해 간 게 무당파였고.'

천강이 나지막하게 한숨을 내쉬었다.

물론 무당파도 피해를 아예 안 입은 건 아니었다.

하지만 상대적으로 다른 구파일방과 무림세가에 비하면 거의 없다시피 한 게 사실이었다.

"늦게 시작했다고 해서 결과물도 늦을 거라고는 생각하지 않습니다."

"다른 곳도 같은 생각일 거다."

"그럴 겁니다. 하지만 결국 웃는 쪽은 우리일 겁니다. 제가 그렇게 만들 테니까요."

"차라리 하나에 집중하는 게 낫지 않겠느냐."

천강이 조심스럽게 조언했다.

제자의 의지를 모르는 건 아니었다.

재능 역시 충분히 있다고 생각했다.

그러나 선택과 집중이라는 말처럼 때로는 하나에 집중하는 게 훨씬 나을 수 있었다.

"하성이가 할 수 있다면 저도 할 수 있습니다. 춘상이도 하고 있는 일이고요."

"그렇긴 하다만."

"일단은 할 수 있는 데까지는 해 보고 싶습니다. 그러다가 힘에 부치면 하나를 선택하겠습니다."

"그 방법도 있지."

나름 타협안을 제시하는 현광의 모습에 천강은 고개를 주억거렸다.

어차피 무인의 대결은 단판승부가 아니었다.

현재도 중요하지만 더욱 중요한 건 미래였다.

죽기 전에 누가 더 높은 곳에 이르렀냐가 가장 중요했다.

"우선은 춘상이를 목표로 하고 있습니다. 확실하게 제친 다음에 하성이를 노릴 생각입니다."

"그 녀석도 대단한 녀석이지. 하지만 난 네가 최고라고 생각한다."

"하성이보다 더 말입니까?"

"재능만 따지자면. 이 부분에 대해서는 명천 그놈도 인정했어. 다만 유하성에게는 나나 명천이 보지 못한 무언가가 있어서 그렇지."

유하성을 인정하면서도 천강은 그래도 현광의 손을 들어주었다.

일단 자신의 제자이기도 했고.

또 바람이기도 했다.

끝끝내 명천을 넘지 못한 그와 달리 현광은 무율과 유하성을 넘길 바랐다.

'비운의 천재 따위는 없어. 그냥 부족한 것뿐이지.'

화산파의 제자가 되고, 무명을 날리면서 언제나 천강을 따라다녔던 별명이 비운의 천재였다.

화산파 역사상 손꼽히는 재능이라 불렸음에도 천강의 앞에는 늘 명천과 각현이 있었다.

희대의 천재라 불리는 둘로 인해 그는 검객이었음에도 무제(武帝)라는 별호를 얻었다.

검제라는 칭호를 남궁수가 차지해서였다.

꾸욱!

거기까지 생각이 닿자 천강은 자기도 모르게 손아귀에 힘이 들어갔다.

스스로 생각하기에 그의 검술은 남궁수와 비교해도 절대 뒤떨어지지 않았다.

또한 그가 익힌 이십사수매화검법 역시 천하제일을 논하기에 부족함이 없었고.

하지만 세상은 그가 아닌 남궁수에게 검제라는 칭호를 주었다.

'후우.'

인정하고 싶지 않지만 인정할 수밖에 없었다.

그가 아무리 말한다고 해도, 소리쳐도 별호는 달라지지 않았다.

한때는 검제라는 칭호를 가져오고자 죽기 살기로 노력했으나 어느 순간 깨달았다.

이미 기억된 별호는 무슨 수를 쓰더라도 바뀌지 않는다는 사실을 말이다.

그 뒤로 천강은 다르게 생각했다.

검제라는 별호를 되찾아올 수 없다면 확실하게 남궁수를 무위로 누르겠다고 말이다.

'그러나 그마저도 자신할 수 없지.'

씁쓸한 표정으로 천강이 내심 중얼거렸다.

누구보다 노력했으나 세상은 가혹했다.

노력과 성과가 절대 비례하지 않았다.

오히려 무식한 노력은 퇴보를 부르기도 했다.

'늙었나.'

문득 천강은 이런 생각이 들었다.

유하성과 이춘상을 보니, 다음 세대의 천하십대고수들을 보니 새삼 자신의 나이가 느껴졌다.

당장 유하성만 하더라도 배분은 무당파의 장문인과 같았다.

즉 눈앞에 앉아 있는 현광이 그의 뒤를 이어 장문인이 되어도 이상할 게 없다는 뜻이었다.

'슬슬 넘겨줄 때가 되기는 했지. 실력이 부족한 것도 아니고.'

천강 역시 천재라 불렸었으나 현광에 비하면 조금 부족한 게 사실이었다.

현광을 치켜세우는 게 아니라 객관적으로 판단한 결과였다.

그리고 현광은 지금보다 미래가 더욱 기대되는 인물이었다.

하지만 가장 큰 이유는 역시 지친 게 컸다.

'너무 오래 앉아 있었지.'

누군가에는 일생의 목표일지도 모르는 게 화산파 장문인의 자리였다.

화산파의 제자라면 누구나 꿈꾸는 자리이기도 했고.

한때는 그도 장문인이 되었다는 사실에 기뻐했던 적도 있었다.

그러나 지금은 아니었다.

시간이 흐를수록 화산파 장문인이라는 자리는 그의 어깨를 무겁게 짓눌렀다.

특히 명천과 각현과 비교될 때면 더욱더 말이다.

"사부님?"

"아아. 잠깐 생각할 게 있어서. 그런데 현광아."

"예."

"자신 있느냐?"

"무엇을 말씀하시는 건지 잘 모르겠습니다."

느닷없는 말에 현광이 두 눈을 껌뻑거렸다.

두서없이 자신 있냐고 묻자 무슨 말인가 싶었던 것이다.

"최고가 될 자신 말이다."

"솔직히 자신은 없습니다. 하지만 포기하지는 않을 겁니다."

"후후후."

현광의 대답에 천강이 묘한 웃음을 흘렸다.

지금 현광이 한 말은 그가 아주 오래전 사부에게 했던 말이었기 때문이다.

그때의 그는 패기가 넘쳤었다.

좌절하고 절망할지언정 포기하지는 않았다.

"진인사대천명이라 하지 않습니까. 지레 예상하고 포기하는 것보다는 할 수 있는 데까지 해 보는 게 맞다고 생각합니다."

"그래. 그게 맞지. 결과는 까 봐야 아는 법이니까. 나 역시 너와 같은 생각이고. 그러니 응원하마."

"꼭 화산파를 천하제일로 만들겠습니다."

"나도 도와주마."

현광이 의아한 표정을 지었다.

마지막 말이 묘한 느낌을 풍겨서였다.

하지만 현광은 묻지 못했다.

천강이 자연스럽게 화제를 돌렸기에 현광은 물을 기회를 놓쳐 버렸다.

푸르륵.

해가 서서히 떠오르는 새벽과 아침의 경계라 할 수 있는 시간에 흑풍이 투레질을 했다.

예쁜이를 비롯해서 함께 온 자식들이 한창 잠에 빠져 있는 것과 달리 흑풍은 깨어 있던 것이다.

"녀석."

그리고 그건 다 이유가 있었다.

유하성이 언제나 이때쯤 나왔기에 흑풍도 준비하고 있는 것이었다.

푸르르릉.

목덜미를 부드럽게 쓸어 주는 유하성의 손길에 흑풍이 두 눈을 감았다.

주인의 손길을 음미하는 것이었다.

하루 중 가장 좋아하는 시간이었기에 흑풍은 더 쓰다듬어 달라는 듯이 머리를 숙였다.

유하성이 쓸어 주기 편하도록 말이다.

"어째 점점 더 애가 되어 가는 것 같단 말이지."

벌써 자식만 백 마리가 넘은 게 흑풍이었다.

해마다 자식을 낳았기에 어느새 숫자가 그렇게 늘어난 것이었다.

그 말은 흑풍도 나이를 점점 먹어 간다는 뜻이었는데 이상하게도 흑풍은 세월이 흐를수록 어리광이 늘어났다.

푸르륵!

"아니라고? 하긴, 네가 갓 성체가 된 호랑이도 도망치게 만들었다는 건 내가 잘 알지. 직접 보기도 했으니까."

호랑이는 물론이고 웬만한 곰과도 맞서는 걸 두려워하지 않는 게 흑풍이었다.

게다가 흑풍은 절대 혼자 싸우지 않았다.

무리와 같이 싸웠기에 호랑이나 곰은 섣불리 흑풍에게 덤비지 못했다.

흑풍 혼자라면 모를까 백 마리가 넘는 말들이 일제히 달려들면 제아무리 맹수라도 두려움이 생길 수밖에 없었다.

푸히히힝!

"근데 난 널 그렇게 키우지 않았는데 말이지."

우쭐하듯 콧대를 있는 대로 세우는 흑풍의 모습에 유하성이 고개를 저었다.

그에게만 어리광을 부릴 뿐 흑풍은 무당산의 폭군이었다.

복건성에 있을 때도 마찬가지였고.

무리의 규모가 줄어들었어도 풍기는 기세는 여전했다.

푸르. 푸르르!

"이제 와서 애교 부려 봤자 소용없다. 네가 맹수 못지않다는 거 애들도 다 알아."

마치 말귀를 알아듣는 것처럼, 혹은 대화하는 것처럼 투레질을 하는 모습에 유하성이 피식 웃었다.

아무리 부정해도 그의 생각은 달라지지 않아서였다.

게다가 이렇게 생각하는 건 그 혼자만이 아니었다.

주변 사람들 모두 같은 생각이었다.

푸르르륵!

하지만 흑풍의 생각은 다른 모양인지 계속 투레질을 했다.

자신은 수긍할 수 없다는 듯이 말이다.

그 소리에 곤히 잘 자고 있던 말들이 깨어났지만 흑풍은 신경 쓰지 않았다.

자식들도 이쪽을 한차례 바라본 후 다시 잠들었다.

"산책이나 하자."

어깨에 머리를 거칠게 비벼 대는 흑풍을 자연스럽게 밀어 내며 유하성이 발걸음을 옮겼다.

뒷짐을 지고서 느릿하게 화산을 돌아다니기 시작했다.

경내가 아닌 사람이 자주 다니지 않는 길로 유하성은 이동했다.

푸르르릉.

"화산도 괜찮지?"

누군가 깎아 놓은 게 아닐까 싶을 정도로 화산은 험준했다.

경사도도 전체적으로 높았고.

그러나 중원오악에 뽑힐 정도로 묘한 매력을 가지고 있었다.

품고 있는 정기 역시 범상치 않았고 말이다.

저벅저벅.

무당산과는 확연히 다른 화산을 유하성은 천천히 둘러봤다.

그리고 그 옆에는 흑풍이 있었다.

유하성의 사색을 방해하지 않겠다는 듯이 얌전히 따라 걷기만 했다.

"확실히 명산은 명산이네."

느릿하게 산길을 거닐면서 유하성은 작게 감탄했다.

묘하게 영감을 주는 게 있어서였다.

정확하게는 생각할 거리를 준다고나 할까.

무당산처럼 영험한 느낌은 없지만 대신 새로운 생각거리를 유하성에게 끊임없이 주었다.

'더 상위의 경지.'

유하성은 지금의 수준에 만족하지 않았다.

분명 대단한 성취를 이룬 건 맞지만 천하제일을 논하기에는 부족했다.

무림에는 그보다 더 높은 경지에 있는 무인들이 아직도 많았다.

'강기와 강환 그 이상의 경지.'

유하성은 문득 전설처럼 회자되는 경지들을 떠올렸다.

너무나 허황돼서 상상 속의 경지라고 불렸으나 유하성은 그게 꼭 틀렸다고는 생각하지 않았다.

상상력이 지닌 힘을 유하성은 알고 있어서였다.

또한 전설처럼 회자되는 경지를 실제로 구현한 경우도 꽤 있었다.

'이기어검을 펼치는 고수도 있는데.'

검기성강만 하더라도 대부분의 무인들은 꿈처럼 생각하는 경지였다.

수많은 무인들이 절정의 벽을 넘지 못하고 좌절했다.

가깝게는 곽두일도 수십 년 동안 무공을 수련했음에도 절정의 벽 앞에서 절망했었다.

지금이야 유하성의 도움과 스스로의 노력으로 절정의 벽을 넘었으나 보통은 죽을 때까지도 닿지 못하는 게 검기성강이라는 경지였다.

스르륵.

언뜻 보기에 절정고수가 넘쳐 나는 것 같지만 그건 착각이었다.

무림 전체로 놓고 보면 절정에 이른 고수는 정말 소수였다.

생각이 거기까지 닿았을 때 유하성은 두 눈을 감았다.

그리고 느릿하게 권무를 추기 시작했다.

휘이익. 휘익.

꼬리에 꼬리를 물고 이어지는 생각을 유하성은 통제하지 않고 그냥 놔두었다.

흐르는 물을 지켜보는 것처럼 가만히 놔두었던 것이다.

그러자 온갖 생각들이 떠올랐다가 사라지고를 반복했다.

더불어 유하성의 권무 역시 끊이지 않고 이어졌다.

푸르르.

춤을 추듯 가벼운 몸놀림이었으나 그 안에는 현묘함이 담겨 있었다.

태극권의 정수가 권무로 피어났던 것이다.

그 모습을 흑풍은 얌전히 지켜봤다.

유하성에게 중요한 순간이라는 걸 알고는 땅바닥에 배를 대고 편안히 앉았다.

스륵. 스륵.

시선은 유하성에게 두었으나 흑풍의 귀는 잠시도 쉬지 않고 움직였다.

주변의 소리를 계속해서 파악하는 것이었다.

혹시라도 산짐승들이 유하성을 방해하지는 않을까 경계하는 것이었다.

그러면서도 흑풍은 유하성에게서 시선을 떼지 않았다.

스으윽. 스윽.

그걸 아는지 모르는지 유하성은 권무에 심취했다.

여전히 두 눈을 감은 채로 빙글빙글 돌며 권무를 추었다.

한데 유하성의 움직임이 묘했다.

무당파를 대표하는 검공과 묘하게 흡사했던 것이다.

푸르르릉.

그러나 그걸 알아볼 수 있는 이는 없었다.

보는 이라고는 흑풍이 유일했기 때문이다.

그마저도 흑풍은 하품을 늘어지게 하고 있었다.

연무장이 한눈에 내려다보이는 나무 위에서 천강이 이해할 수 없다는 표정을 짓고 있었다.

그런 그의 시선은 연무장 한쪽에 뒷짐을 지고 서 있는 유하성에게 향해 있었다.

무당파의 일대제자들이 개인, 혹은 셋이서 합격진으로 화산파의 제자들과 겨루는 것과 달리 유하성은 딱히 참여할 기미를 보이지 않았다.

한쪽에서는 현광과 이춘상이 비무를 하고 있었는데 말이다.

"희한하단 말이지. 왜 말을 안 하지?"

천강은 연신 고개를 갸웃거렸다.

그로서는 유하성의 행동이 이해되지가 않아서였다.

다른 곳도 아니고 화산이었다.

거기다 자신과 대면할 수 있을 정도의 위상을 가지고 있었음에도 유하성은 말을 꺼내지 않았다.

"보통은 어떻게든 말을 꺼내 보려고 귀찮을 정도로 찾아오기 마련인데."

천강은 이해가 되지 않았다.

대개의 젊은 무인들은 어떻게 해서라도 그에게 한 수 가르침을 받길 원했다.

아니, 꼭 젊은 무인이 아니더라도 대개는 그에게 비무를 청했다.

하지만 유하성은 달랐다.

"흐음."

화산에 도착한 지 며칠이 지났음에도 유하성은 말을 꺼낼 기미를 보이지 않았다.

더 짜증이 나는 건 밀고 당기기를 하는 게 아니라는 점이었다.

유하성은 진심으로 그에게 관심이 없었다.

"그럼 왜 찾아온 거야?"

아무리 현광이 초대를 했다고는 하나 그래도 화산이었다.

더욱이 그가 자리를 비운 것도 아니고 도착하자마자 따로 자리까지 마련했었다.

그런데 유하성은 그의 예상과 정반대로 행동했다.

"설마 여기까지 생각한 건가?"

천강의 눈썹이 꿈틀거렸다.

혹시나 하는 생각이 들어서였다.

사실 그는 유하성이 한 수 가르침을 청하면 애를 잔뜩 태우게 만들 작정이었다.

하나뿐인 제자인 현광이 무당산에서 유하성의 눈치를 많이 봤다는 걸 들었기에 좀스럽지만 어느 정도는 똑같이 해줄 생각이었다.

더욱이 천강은 화산파의 일개 무인이 아니라 장문인이었다.

그런 만큼 쉽게 청을 받아 줘서는 안 된다고 생각했다.

"크흠!"

한데 상황은 그의 생각과는 전혀 다른 방향으로 흘러가고 있었다.

하루가 지나고, 이틀이 지나고.

벌써 이레가 다 되어 가는데도 유하성은 별다른 말이 없었다.

아니, 그를 찾아오지도 않았다.

"정말 생각이 없는 건가?"

기회를 노리고 있는 것이라면 그가 모를 리 없었다.

이곳은 다른 곳도 아니고 화산이었으니까.

그러나 아무리 지켜봐도 비무를 청할 낌새는 눈곱만큼도

보이지 않았다.

"허참."

천강의 시선이 다시 유하성에게로 향했다.

답답한 그의 마음과 달리 유하성은 태연자약한 얼굴로 비무들을 지켜보고 있었다.

중간중간 옆에 있는 제자에게 무언가를 설명하면서 말이다.

그리고 그 반대쪽에는 남궁세가와 제갈세가, 서문세가, 금와장의 여식들이 유하성을 보필하듯 서 있었다.

"이상하게 말린 기분이란 말이지."

천강이 작게 한숨을 내쉬었다.

암만 봐도 그가 예상했던 상황은 벌어지지 않을 듯했다.

물론 어느 순간 유하성이 비무를 청할 수도 있지만 적어도 그게 오늘이 아닌 건 확실했다.

"크하하하!"

연무장 한가운데서 원호가 파안대소했다.

일대일 비무는 물론이거니와 합격진에서도 승리를 쟁취해서였다.

물론 매화검수들이 아닌 비슷한 배분인 화산파의 제자들

과의 대결이었으나 중요한 건 그와 무당파가 압승했다는 것이었다.

"야, 그만해. 화산파 입장도 생각해야지."

"흠흠! 너무 좋아서 그만."

"이해는 하는데 조심해야지. 여기는 화산파인데."

"흠흠! 너무 티 났나?"

"당연하지. 그리고 매화검수들에게서 이긴 것도 아닌데 뭘 그렇게 좋아해?"

"윽!"

툭 쏘아 대는 원상의 한마디에 원호가 가슴을 움켜쥐었다.

너무나 아프게 파고들어서였다.

그런데 더 아픈 점은 반박할 여지가 없다는 것이었다.

"역시 멋있어요!"

"그래?"

"네! 완전 검이 슈슈슉! 저도 원호 진인처럼 되고 싶어요!"

"호오. 그렇단 말이지?"

정곡만 정확히 후벼파는 원상과 달리 누나의 곁에서 비무를 지켜보던 황주성은 두 눈을 반짝거렸다.

현란하게 허공을 수놓는 원호의 검세에 흠뻑 빠진 듯한 표정이었다.

"저도 무당파의 제자가 될 수 있을까요?"

"왜? 되고 싶어?"

"네!"

황주성이 특유의 동글동글한 얼굴로 크게 끄덕였다.

그런 그의 머릿속에는 이소향과 함께 무공수련을 하는 장면이 떠오르고 있었다.

과거에서 현재, 그리고 장성한 미래의 모습이 차례대로 스쳐 지나갔다.

"근데 어쩌나? 무당파의 제자가 되면 혼인을 못 하는데."

"예에?! 아, 아닌데! 유 공자님은 가능하신 걸로 아는데요?"

"나처럼 되고 싶다며? 난 진산제자잖아. 속가제자가 아니라."

"아, 저도 속가제자가 되고 싶다는 말이었어요!"

황주성이 황급히 말을 수정했다.

무당파의 제자가 되고 싶은 건 진심이었으나 진산제자는 아니었다.

혼인을 할 수 없는 진산제자는 황주성 쪽에서 사절이었다.

"흐음. 그럼 나처럼 강해지는 건 불가능한데? 차별은 아닌데 속가제자가 배울 수 있는 무공은 정해져 있어. 물론 개인의 노력 여하에 따라 얼마든지 그 한계를 넘을 수 있지만, 쉽지 않지."

원호의 시선이 유하성과 이소향에게로 향했다.

저 둘, 특히 유하성은 정말 특이한 경우였다.

무당파 역사상 최초의 일이라고 해도 과언이 아닐 정도로 말이다.

"그, 그런가요?"

"응. 무당파의 제자인 내가 이런 말을 하기는 좀 그렇지만 본 문의 속가제자가 되는 것보다는 금와장의 무공을 익히는 게 훨씬 나을 거야."

"……그럼 강하지 않은데."

"왜 그렇게 생각해? 가문의 무공이 강하지 않을 거라고. 다른 곳도 아니고 금와장의 무공인데. 수준만 따지자면 본 문의 무공과 비교해도 크게 뒤떨어지지 않을걸? 속가제자들에게 허락된 무공을 익히는 것보다 말이야."

"우웅."

황주성이 고민하는 표정을 지었다.

그가 머릿속에 그린 그림과는 전혀 다른 방향으로 대화가 이어져서였다.

하지만 두 가지 선택지 모두 치명적인 단점을 하나씩 가지고 있었기에 선뜻 고를 수가 없었다.

"또 앙큼한 생각 하고 있지?"

"아니거든!"

"아니긴. 내 눈에는 훤히 다 보이는데."

"누나는 모를걸?"

황주성이 큰소리쳤으나 황주연은 단호하게 고개를 저었

다.

그녀에게는 남동생이 무슨 생각을 하는지 너무나 훤히 보여서였다.

당장 지금만 하더라도 머릿속이 다 들여다보였다.

"양쪽 다 치명적인 단점이 있어서 고민하는 거 아냐?"

"허업!"

"그것만 없으면 고르기가 참 쉬울 텐데 포기할 수가 없으니 문제인 거고."

"……!"

황주성의 두 눈이 화등잔만 하게 커졌다.

마치 귀신을 본 것처럼 말이다.

그 모습에 황주연의 옆에 있던 제갈령령과 남궁희수, 서문예지가 고운 손으로 입을 가리며 쿡쿡 웃었다.

저렇게 반응이 재미있으니 황주연이 놀리는 걸 그만두지 못하는 것 같았다.

"그러니 포기해."

"뭐, 뭐를?"

"둘 중에 하나를. 네 욕심대로 살 수 없어, 세상이라는 건. 이제는 슬슬 알 때도 됐잖아?"

"으윽!"

여지없이 가슴에 콕콕 박히는 날카로운 한마디에 황주성이 자기도 모르게 가슴을 부여잡았다.

보이지 않는 비수가 가슴에 연달아 박히는 느낌이었다.

"동생을 강하게 키우시네."

"각자의 방식이 있는 거니까. 이번에는 아슬아슬하던데?"

"그간의 노력이 빛을 발한 거지."

이춘상과의 대련을 끝낸 현광이 땀범벅인 얼굴로 씨익 웃었다.

비록 지기는 했으나 저번에 붙었을 때보다는 격차가 상당히 좁혀져 있었다.

이제는 정말 차이가 얼마 안 날 정도로 말이다.

그래서인지 나란히 걸어오던 이춘상이 똥 씹은 표정을 지었다.

"아니거든? 격차가 상당하거든? 그리고 그 작은 차이로 생사가 갈린다는 걸 감안해야지."

"너답지 않게 그러지 마라. 말하면 말할수록 추해질 뿐이야."

"크흠!"

유하성의 말에 이춘상이 헛기침을 했다.

부정할 수가 없어서였다.

하지만 그렇다고 순순히 인정하기도 싫었다.

"근데 원호 진인과 원상 진인도 많이 강해졌네."

"너처럼 수련에 매진했으니까. 일대제자들 중에서는 한 손에 꼽히는 이들이기도 하고."

"서로에게 좋은 자극이 되겠어."

이대제자들이 패배했으나 현광은 오히려 웃었다.

지금의 패배가 이대제자들에게 좋은 약이 되리라는 것을 잘 알아서였다.

저번 무당산에서 원상과 원호, 원일이 매화검수들에게 패배한 것처럼 말이다.

그러나 세 사람은 매일같이 도전했었다.

"당연히 그래야지. 여기까지 왔는데."

"그래서 말인데. 넌 생각 없는 거야?"

"무슨 생각?"

뒷짐을 지고 있던 유하성이 고개를 갸웃거렸다.

거두절미하고 말하니 무슨 의미인지 알 수가 없어서였다.

"보통 타 문파의 제자가 방문을 하면 장문인께 가르침을 청하잖아. 애초에 그런 목적으로 찾아오는 방문객들도 많고."

"그렇지."

"근데 너는 전혀 생각이 없어 보여서."

"꼭 가르침을 청해야 하는 건 아니잖아? 장문인께서 바쁘신 걸 모르는 것도 아니고."

유하성이 담담한 목소리로 대답했다.

당장 무당파만 하더라도 무율은 시간이 어떻게 흘러가는지도 모른 채 하루를 보냈다.

장문인으로서의 업무가 상당하기에 개인수련 시간도 부족할 지경이었다.

괜히 장문인들이 폐관수련이라는 명목하에 개인수련 시간을 만드는 게 아니라는 걸 무율을 통해 봤기에 유하성은 굳이 천강에게 비무를 신청할 생각이 없었다.

"바쁘시긴 하지. 그런데 또 시간을 못 낼 것도 없으니까. 당장 나만 하더라도 무율 대협과 비무를 했잖아?"

"그건 장문사형께서 허락해서 이뤄진 거고."

"으음."

현광이 입술을 달싹거렸다.

하고 싶은 말이 있지만 그걸 섣불리 꺼낼 수는 없었다.

그런데 그 기색을 귀신같이 알아보는 이가 현광의 곁에 있었다.

"뭔가 할 말이 있나 본데? 있으면 해. 고민하지 말고."

"어……."

훅 들어오는 이춘상의 한마디에 현광이 퍼뜩 놀랐다.

동시에 다시 한번 느낄 수 있었다.

이춘상의 눈치가 어마어마하다는 것을 말이다.

"왜? 내가 자리를 비켜 줘야 하나? 근데 그런 게 있나? 그렇게 심각한 사안이 없을 텐데?"

"모르는 척하긴. 너 다 알고 있잖아?"

"ㅎㅎㅎㅎ!"

음흉한 미소가 이춘상의 얼굴에 맺혔다.

유하성의 말대로 그는 귀신같이 유추한 상태였다.

"정말 알아?"

"나만 알겠어? 하성이랑 저기 제갈 소저도 알고 계실걸?"

"전 모르겠는데요?"

갑자기 화살이 자신에게 향했으나 제갈령령은 놀라지 않았다.

오히려 배시시 웃으며 아무것도 모른다는 표정을 지었다.

그런데 그게 더 위화감이 들었다.

아는데 모르는 척을 하는 느낌이라고나 할까.

"이왕 이렇게 된 거 그냥 말해. 어차피 선택은 하성이가 하는 건데."

"흠흠! 역시 그런 거겠지?"

"화산무제께서 자존심이 꽤나 상하신 모양이야. 네가 이렇게 말을 꺼내는 걸 보면."

"보통의 후기지수와는 다르니까."

"응? 우리가 후기지수라고 하기에는 나이나 배분이 좀 애매하지 않나?"

이춘상이 고개를 갸웃거렸다.

후기지수라 불러 주면 그야 좋았다.

늙다리 쪽에 포함되는 것보다는 젊은 게 훨씬 나았으니까.

하지만 냉정하게 말해 그나 유하성은 더 이상 후기지수라 불리기 힘든 나이였다.

"그렇다고 강호명숙, 혹은 중견고수라 불리기에도 애매하잖아?"

"이제는 그게 썩 이상하지만은 않은 나이이긴 하지."

"넌 젊은 쪽에 들어가고 싶어 하잖아."

"맞아."

이춘상은 부정하지 않았다.

외모적인 면을 보더라도 그는 청년 쪽에 가까웠지 중견고수나 강호명숙 쪽은 아니었다.

다른 사람들이 생각하기에도 말이다.

"그런 거에 뭘 일일이 신경 써."

"네가 무덤덤하다고 모두가 같은 건 아니다."

"뭐, 그렇긴 하지."

유하성이 순순히 인정했다.

이춘상이 단호하게 말한 것도 있지만 틀린 말은 아니었다.

"중요한 건 사부님께서 예상과는 다른 모습에 조금 놀라셨다는 거야. 화산에 왔으니 당연히 한 수 가르침을 청할 거라 생각했는데 그러지를 않으니까."

"겸사겸사 무당패왕의 실력이 얼마나 늘었나, 직접 확인도 해 보고 말이지?"

"글쎄."

현광이 어색하게 웃었다.

표정에 신경 쓴다고 했는데 실패했는지 이춘상의 능글맞은 미소가 점점 더 짙어져 갔다.

"하성이의 위상을 생각하면, 크게 꿀리진 않지. 공석으로 있는 천하십대고수의 자리에 하성이를 넣네, 마네 하고 있으니까."

"너도 거론되잖아."

"나 역시 배분으로도, 실력으로도 그리 꿀리지는 않으니까. 나름 촉망받는 무인이라고나 할까."

이춘상이 우쭐한 표정을 지었다.

그런데 신기한 건 그리 밉상처럼 보이지 않는다는 점이었다.

으스대긴 해도 실력은 확실히 있었다.

"한번 생각해 주었으면 해. 내가 말했다는 건 비밀이고."

"그래."

별로 어려운 일도 아니었기에 유하성은 고개를 주억거렸다.

그러자 현광이 이번에는 이춘상과 여인들에게 시선을 보냈다.

부탁한다는 의미의 눈빛을 가득 담아서 말이다.

"흠흠! 사숙께서 생각이 없으시다면 저라도…….."

"시끄러워. 낄 때 끼고 빠질 때 빠질 줄 알아야지."

원상이 호되게 힐난했다.

마음을 모르는 건 아니나 그래도 너무 눈치가 없는 것 같아서였다.

괜히 원호와 함께 엮이기 싫었기에 원상은 정색했다.

"역시 무리인가."

"무리가 아니라 나나 사제, 사매를 생각해야지. 네가 실수하면 우리까지 욕먹잖아."

"아."

사매라는 말에 원호가 퍼뜩 정신을 차렸다.

원상이나 원경은 같이 엮이더라도 괜찮았으나 이소향은 아니었다.

더욱이 성년이 된 원경과 달리 이소향은 이제 아홉 살이었다.

그런 이소향이 자신 때문에 천강에게 혼나는 건 용납할 수 없었다.

"이 자식, 사매 때문에 정신 차린 거지?"

"어떻게 알았어?"

"아오."

원상이 답답함에 가슴을 두드렸다.

마음 같아서는 드잡이질을 하고 싶었으나 이곳은 무당산이 아니었다.

더욱이 오대세가의 무사들도 있었기에 원상은 죄 없는 자신의 가슴만 탕탕 두드렸다.

해가 뉘엿뉘엿 기울어 가는 시각에 네 명의 여인이 조심스럽게 발걸음을 옮겼다.

함께 모여서 다 같이 유하성의 처소로 향했던 것이다.

"이런 적은 처음이지 않아요?"

"응. 늘 우리가 먼저 찾아갔으니까."

조금은 설레는 표정으로 서문예지가 말문을 열었다.

그런데 그건 대답한 제갈령령도 마찬가지였다.

유하성이 먼저 그녀들을 초대한 건 처음이었기에 다들 은은하게 기쁜 표정이었다.

"혹시 이제 그만 포기하라는 말을 하려는 건 아니겠지?"

"넌 왜 재수 없는 말을 하고 그래?"

"다들 너무 좋게만 생각하는 것 같아서."

남궁희수의 말에 제갈령령을 비롯해서 황주연과 서문예지의 얼굴이 딱딱하게 굳어졌다.

아닐 거라고 믿지만 그래도 혹시 몰라서였다.

사실 여인으로서 이렇게 기다리는 것도 쉬운 일만은 아니었다.

다른 사람들이 보기에는 남자에게 매달리는 모습으로 보이기도 했고.

"그럴 거였으면 진즉에 말씀하셨겠지. 유 공자님 성격상."

"나도 그렇게 생각해."

동갑내기인 황주연이 운을 떼자 서문예지도 동조했다.

그녀가 아는 유하성이라면 지금까지 시간을 질질 끌지 않았을 것이었다.

이리 재고 저리 재는 건 유하성의 성격이 아니었다.

애초에 처음부터 호감이 없다고 딱 잘라 말하면 모를까.

"나도 그렇게 생각하는데, 그래도 혹시 모르는 거니까. 어느 정도는 마음의 준비를 해 둬야 하지 않을까 싶어서."

"일리는 있어."

제92장 끝나지 않은 전쟁

제갈령령이 무거운 어조로 고개를 주억거렸다.

슬프고 가슴 아프지만 충분히 가능성이 있었다.

그러니 마음의 준비를 해서 나쁠 건 없었다.

세상일이라는 게 마음먹은 대로 흘러가지만은 않는다는 걸 여기 있는 네 사람은 잘 알았으니까.

"반대로 생각지도 못한 좋은 일이 생길 수도 있고."

"지금 병 주고 약 주는 거야?"

이어지는 남궁희수의 말에 황주연이 헛웃음을 흘렸다.

하지만 남궁희수는 빤빤한 얼굴로 싱긋 웃었다.

"최악이 있으면 최상의 결과도 있어야 하지 않겠어?"

"그럼 더할 나위 없이 좋겠다. 사실 지치지 않는 건 아니니까."

"처음에는 뭐 이런 남자가 다 있나 싶었었는데. 어떻게 나를 거부하지?"

"후후후."

두 눈을 크게 뜨고 도무지 이해할 수 없다는 듯이 중얼거리는 남궁희수의 모습에 제갈령령이 피식 웃었다.

그런데 그건 다른 이들도 마찬가지였다.

황주연과 서문예지 역시 소리 없이 웃고 있었다.

"희수 덕분에 나는 좀 버틸 만했어."

"흥."

"유 공자님 덕분에 이렇게 친해지기도 했고."

흘겨보는 남궁희수의 눈빛에도 서문예지는 옅게 웃기만 했다.

예전이었다면 가문의 위세 때문에 이렇게 말을 편하게 하지 못했을 텐데 지금은 달랐다.

공통의 목표를 가지고 있어서 그런지 자주 보게 되었고, 그로 인해 지금처럼 넷 다 정이 들었다.

원래 이렇게 되려는 것은 아니었고 유하성에게 싸우는 모습을 보여 주고 싶지 않았기에 잘 어울리다 보니 이렇게 되었다.

"엄밀히 따지자면 친구라기보다는 경쟁자에 더 가깝지만."

"선의의 경쟁이 꼭 나쁜 건 아니니까. 그리고 어중간한 결과도 있고."

"어중간하다라."

동갑인 서문예지의 말에 제갈령령이 묘한 표정을 지었다.

좋지도, 싫지도 않은 복잡미묘한 표정이었다.

그러는 사이 어느새 유하성의 처소에 도착했다.

애초에 가까운 곳에 숙소를 배정해 주었기에 엎어지면 코닿을 거리이긴 했다.

"들어가자고."

"그래."

가까운 거리이기는 하나 그래도 그녀들의 주변에는 호위무사들이 있었다.

구대문파 중 한 곳이지만 조심해서 나쁠 건 없었다.

개선장군처럼 남궁희수가 위풍당당한 걸음걸이로 고풍스럽게 지어진 전각 안으로 들어갔다.

똑똑똑.

그녀들과 달리 유하성의 처소에는 시비가 없었다.

때문에 남궁희수는 직접 문을 두드렸다.

두르륵.

"어서 오세요."

"초대 감사합니다, 유 공자님."

"들어오시죠."

문은 남궁희수가 두드렸으나 대답은 제갈령령이 했다.

절묘하게 유하성의 말을 받았던 것이다.

그 모습에 남궁희수가 입을 삐죽 내밀었다.

"어? 술이 있네요?"

"저번에 약속을 하지 않았습니까. 화산파의 풍경을 보며 간단하게 한잔하는 것도 괜찮을 것 같아서요. 취하지만 않는 선에서요."

"그래서 한 병만 있는 거군요."

원탁 위에 놓인 술병을 귀신같이 찾아낸 황주연이 부드럽게 웃으며 대답했다.

다섯 명이서 마시기에는 양이 그리 많지 않았지만 중요한 건 유하성과 술자리를 함께 한다는 사실이었다.

그리고 마음만 먹으면 술을 구하는 건 어렵지 않았다.

이곳이 화산파이기는 하지만 무당파만큼 술이 없는 건 아니었다.

"간단하게 마시기에 적당한 양이죠."

"설사 취기가 오른다고 해도 저희는 내공으로 주정을 체외로 배출할 수 있으니까요."

황주연과 같은 생각을 했는지 남궁희수가 해맑게 웃으며 말했다.

순진무구한 미소만 보면 술맛을 전혀 모를 것 같은데 실상은 달랐다.

武當霸主
무당폐왕

주량이 센 건 아니지만 그렇다고 전혀 못 마시는 건 아니었다.

"제가 준비한 술은 이게 다입니다만."

평소와 다르게 유하성은 단박에 남궁희수의 말에 깔려 있는 저의를 파악했다.

그런데 오늘은 남궁희수도 만만치 않았다.

"모자랄 수도 있으니까요."

"구하는 건 어렵지 않기도 하고요."

거기에 황주연과 제갈령령이 합세했다.

만약 술이 부족하면 바로 구해 올 수 있다는 듯이 말이다.

"일단 앉으시죠."

오늘따라 적극적인 여인들의 모습에 유하성은 어깨를 으쓱거리며 자리를 권했다.

안주와 술을 미리 준비한 만큼 의자도 딱 다섯 개가 놓여 있었다.

혹시라도 취기가 오를까 싶어 창문도 활짝 열어 놓았다.

"혹시 안주는 직접 만드신 건가요?"

"현광이에게 부탁 좀 했습니다. 제가 요리 실력이 썩 좋지 않은 편이라."

"아쉽네요. 유 공자님이 직접 만드신 음식도 먹어 보고 싶은데."

서문예지가 진심으로 아쉽다는 표정을 지었다.

그러나 다른 사람이 만들었다고 해서 아쉬운 건 절대 아니었다.

중요한 건 이 자리를 만들고 술과 음식을 준비했다는 것이었다.

오직 자신들을 위해서 말이다.

"실망하실 겁니다. 저는 생존에 특화된 쪽이라."

"간단한 구이 요리도 누가, 어떻게 굽느냐에 따라 맛이 달라져요. 소금을 얼마나 뿌리느냐에 따라 최상의 맛이 되기도 하고, 못 먹는 음식이 되기도 하고요."

서문예지가 빙긋 웃었다.

요리를 배우면서 그녀가 느낀 건 맛이 참 한순간에 확확 달라진다는 점이었다.

정말 미세한 양으로도 맛이 변하기도 했고.

근데 그게 서문예지는 신기하면서 재미있었다.

"저보다는 잘하실 것 같아요."

"저도 요리에는 소질이 없어서 해 주시면 해 주시는 대로 잘 먹을 거예요."

제갈령령과 황주연이 자연스럽게 유하성을 몰아갔다.

생각해 보니 유하성이 해 준 음식을 먹어본 적이 없어서였다.

하지만 유하성은 순순히 두 여인의 공격에 넘어가지 않았다.

"식기 전에 들까요."

"이렇게 피해 가시게요?"

"자신 없는 약속은 하지 않는 주의라서요."

능구렁이처럼 넘어가는 유하성의 모습에 제갈령령이 샐쭉한 표정을 지었다.

그러나 여기서 더 물고 늘어지지는 않았다.

아니, 못했다.

유하성이 술을 따라 주어서였다.

"어? 소홍주네요?"

"향만 맡아도 아시네요?"

뚜껑이 열리기 무섭게 황주연이 단박에 술을 맞혔다.

그 모습에 유하성이 의미심장한 표정을 지었다.

지난번에도 그렇고 술에 일가견이 있는 듯해서였다.

"호호호. 아버지께서 술을 좋아하셔서요. 평소에도 반주를 자주 하시는데 그중에 제일 많이 드시는 술 중 하나가 소홍주라서 향이 익숙해요."

"그게 아니라 자주 마셔서 그런 건 아냐?"

"아냐. 난 술 안 좋아해."

유하성과 마찬가지로 제갈령령이 은근한 어조로 물었다.

지난번에 고정공주를 황주연이 알고 있었다는 게 떠올라서였다.

"흐음. 근데 어떻게 알았을까?"

"말했잖아. 자주 맡아 본 향이라고."

"그렇게 둘러대는 것일 수도 있으니까."

"아니거든. 그리고 난 거짓말 안 해. 인정하면 인정했지."

황주연이 곱게 눈을 흘겼다.

우리끼리 굳이 이래야 할 필요가 있냐는 듯이 말이다.

"제가 따라 드릴게요."

"감사합니다."

제갈령령과 황주연이 티격태격하는 것과 달리 서문예지는 오로지 유하성에게만 집중했다.

그의 술잔이 비어 있다는 걸 유일하게 알고는 술병을 받았던 것이다.

또르륵.

보석처럼 빛나는 듯한 진한 황색과 함께 소홍주의 향이 방 안을 가득 채웠다.

황주 특유의 그윽한 향이 느리지만 차곡차곡 방 안을 채워 나갔던 것이다.

독한 건 엄청나게 독하지만 유하성이 준비한 건 그 정도까지는 아니었다.

적당하면서도 향이 깊은 것으로 선택했기에 진한 향과 달리 그리 독하지는 않았다.

"향이 정말 좋아요."

"소홍주도 종류가 꽤 다양한데, 이건 진짜 좋은 거 같아

무당
패왕

요."

"잘 아네. 다양하다는 것도 알고."

"본 가에서 지내보면 너도 나 정도는 알게 될걸?"

제갈령령의 공격에도 황주연은 쉽사리 넘어가지 않았다.

대신 날카로운 눈매로 제갈령령을 지그시 바라봤다.

"약속도 약속이지만 이런 자리를 한 번 정도는 마련해야 할 것 같아서요. 곰곰이 생각해 봤는데 도움을 받은 건 많은데 따로 대접을 해 드린 건 없어서요. 사실 여기서 제가 직접 만든 건 없습니다만."

유하성이 겸연쩍은 표정을 지었다.

말하고 보니 민망해서였다.

정성을 들여 음식을 만든 게 아니었기에 유하성이 살짝 어색하게 웃었다.

하지만 그 말에 네 명의 여인들은 동시에 고개를 저었다.

"꼭 직접 만들 필요는 없는 것 같아요."

"차리는 정성도 정성이니까요."

"맛이 없어서 곤욕스러운 것보다는 이게 훨씬 낫다고 생각해요."

"이런 자리를 만들어 주셨다는 것 자체가 저희로서는 기쁜 일이기도 하고요."

"그렇게 생각해 주셔서 감사합니다. 아, 그리고 술을 꼭 드실 필요는 없습니다. 물을 드셔도 됩니다."

유하성이 말을 덧붙였다.

혹시라도 억지로 마실 수 있다고 생각해서였다.

좋은 취지로 만든 자리이지만 어떻게 보면 술을 강요하는 게 될 수도 있기에 유하성은 첨언했다.

"처음으로 갖는 술자리인데 안 마실 수는 없죠."

"맞아요."

"한 잔 마시고 취할 사람은 여기에 없거든요."

"일단 한 잔 마셔 보고 결정할게요."

성격이 고스란히 나오는 대답에 유하성은 피식 웃었다.

그런데 신기한 건 목소리가 하나도 안 겹친다는 점이었다.

마치 약속이라도 한 것처럼 상대방의 말이 끝난 후에야 입을 여는 모습에 유하성은 네 사람이 많이 친해졌다는 걸 느끼며 술잔을 입에 가져갔다.

꿀꺽.

적당히 차서 찰랑거리는 소홍주를 유하성은 단숨에 들이켰다.

술을 자주 마시지는 않지만 그렇다고 술맛을 모르는 건 아니었다.

물론 지금 마시는 소홍주처럼 비싼 술은 처음이었지만 말이다.

명운과 싸구려 죽엽청을 가끔 마셨는데 개인적으로는 지금의 소홍주보다 예전에 마셨던 죽엽청이 더 맛있게 느껴졌다.

"후아."

"은근히 독하네요."

"근데 뒷맛은 깔끔하고 좋네요."

"안주도 드세요."

유하성처럼 단숨에 소홍주를 털어 넣은 여인들이 각자 한 마디씩 내뱉었다.

근데 그중 유일하게 서문예지만이 유하성에게 안주를 건 넸다.

앞접시에 닭의 살코기만 발라내어서 구운 꼬치구이와 채 소볶음을 조금 덜어서 말이다.

"저도 한 잔 따라 드릴게요. 제 술도 한 잔 받으셔야죠?"

"그럼 다음에는 나."

"마지막은 제가."

먼저 치고 나가는 서문예지의 모습에 남궁희수와 황주연, 제갈령령도 뒤처질 수 없다는 듯이 입을 열었다.

그러면서 살짝 놀란 눈으로 서문예지를 힐끔거렸다.

서문예지가 이렇게 적극적으로 나설 줄은 몰라서였다.

"한 잔씩 다 받을 테니 걱정 마세요."

"저희들도 주셔야죠."

"조절을 잘해야 할 것 같네요."

"모자라면 더 가져오라고 하면 돼요."

배시시 웃는 제갈령령을 거들듯이 남궁희수가 씨익 웃으며 말했다.

술은 걱정할 필요 없다는 듯이 말이다.

그리고 그 말은 유하성과 똑같이 술을 마시겠다는 뜻이기도 했다.

'이런 기회를 놓칠 수 없지.'

유하성은 물론이고 여기 있는 여인들 역시 주정 정도는 체내에서 압축해서 체외로 배출할 줄 알았다.

술을 항아리째로 마시는 것도 아니고, 독주도 아니기에 그 정도는 충분히 할 수 있었다.

그러나 이런 술자리는 또 언제 올지 몰랐다.

주정을 배출할 수 있는 무인들이라고 하나 취기를 못 느끼는 것은 아니었고, 취기가 오르면 자연스레 속마음이 나오기 마련이었다.

'나만 궁금한 건 아닐 테니까.'

남궁희수가 내심 웃으며 중얼거렸다.

유하성의 속마음이 궁금한 건 그녀만이 아닐 게 분명해서였다.

그래서 다들 따로 입을 맞추지 않았음에도 눈빛만으로 의견이 교환되었다.

"한 병 정도는 괜찮을 수도 있겠네요."

"제가 가져올게요. 안 그래도 혹시 이런 자리가 있을까 싶

어서 따로 몇 병 정도 구해 놓았거든요. 우연찮게도 다 소홍
주이고요. 만든 곳이 달라서 맛은 조금 다르겠지만요."

"따로 흑심이 있었던 것 아냐?"

기다렸다는 듯이 술을 가져오라 시키겠다는 황주연을 남
궁희수가 흘겨봤다.

이런 말은 처음 들어서였다.

그래서인지 제갈령령과 서문예지도 살짝 놀란 눈으로 황
주연을 쳐다봤다.

"흑심은 무슨. 우연히 시기가 맞은 거야."

"흐으음."

당황한 기색 하나 없이 자연스럽게 황주연이 대답했음에
도 남궁희수는 미심쩍은 눈빛을 거두지 않았다.

왠지 모르게 냄새가 나서였다.

그것도 아주 구린내가 났기에 남궁희수는 물론이고 서문
예지와 제갈령령의 눈빛도 곱지 않았다.

"진짜야. 설마 내가 안 좋은 마음을 먹었겠어?"

"넌 충분히 그러고도 남아. 상인이니까."

"무인하고는 다르지."

제갈령령이 동조했다.

무인의 방식과 상인의 방식은 아무래도 다를 수밖에 없어
서였다.

하지만 안타깝게도 황주연은 전음을 보낼 정도로 내공이

깊지 못했기에 변명은 못 하고 억울한 표정만 지었다.

"아, 진짜 그런 게 아니라니까."

"일단 지금은 믿어 줄게. 술도 필요하니까."

"진짜 이렇게 나올 거야?"

"반대로 우리 입장이 되어 봐. 쉽게 믿어지겠어?"

"끄응!"

한마디도 지지 않고 말하는 남궁희수의 모습에 황주연이 앓는 소리를 냈다.

차마 부정할 수는 없어서였다.

실제로 기회가 왔다면 황주연은 양보할 생각이 없었다.

친해진 건 사실이지만 그렇다고 유하성을 양보할 정도는 아니었다.

'근데 그건 서로 마찬가지라는 거지.'

정정당당히 대결하기로 했지만 그게 기회를 버려야 한다는 뜻은 아니었다.

운으로 인해 승부가 뒤집어지는 것처럼 남녀 사이 역시 마찬가지였다.

행운처럼 기회가 찾아온다면 여기 있는 세 사람 모두 그걸 놓치지 않을 터였다.

"우선은 술부터 부탁하자. 흐름이 끊어지면 안 되니까."

"알았어."

"어후."

중재하는 듯했으나 그 안에 담긴 의도는 명백했다.

그렇기에 제갈령령의 말에 황주연은 고개를 절레절레 저었다.

"흐름을 걱정할 정도까지는 아닌 것 같습니다."

"그래도 맛있는 안주와 좋은 사람이 있는데 술이 모자라면 안 되죠."

"맞아요. 이런 날이 흔한 것도 아니니까요."

남궁희수가 제갈령령의 말을 거들었다.

이런 자리가 흔했다면 남궁희수도 이렇게 거들지는 않았을 터였다.

그러나 지금 이 순간이 지나면 또 언제 이런 자리가 만들어질지 아무도 몰랐다.

"틈틈이 이런 자리를 만들겠습니다."

"정말요?"

"약속하신 거예요?"

제갈령령과 남궁희수의 말에서 유하성도 무언가를 느낀 듯 입을 열었다.

그러자 그 말에 네 명의 여인이 동시에 유하성을 바라봤다.

지금 당장이라도 약조를 받고 싶다는 눈빛으로 말이다.

"네. 원하신다면요."

"저는 좋아요."

"저도요."

"저 역시 언제든지 환영이에요."

"불러만 주신다면 언제라도 올게요."

유하성의 말이 끝나기 무섭게 네 명이 연달아 대답했다.

이번만은 상대방의 말이 끝날 때까지 기다려 줄 수 없다는 듯이 말이다.

그런 네 사람의 모습에 유하성은 살짝 당황했으나 이내 빙그레 웃었다.

"알겠습니다. 그럼 간간이 이런 자리를 만들겠습니다."

"그 말은 긍정적인 방향으로 나아가고 있다고 생각해도 될까요?"

제갈령령이 조심스럽게 물었다.

아무렇지 않은 척하고 있다고 정말 아무렇지 않은 건 아니었다.

일이 년도 아니고 벌써 사 년이었다.

다섯 살이었던 이소향이 아홉 살이 될 만큼 시간이 흘렀고, 그건 달리 말하면 그녀들 역시 나이를 먹었다는 뜻이기도 했다.

"예."

"아."

그렇기에 말은 하지 않았지만 네 명 다 내심 초조해하고 있었다.

남자의 시간과 여자의 시간은 엄연히 달라서였다.

거기다 처소로 오기 전 남궁희수의 말이 있었기에 티는 안 내도 다들 속이 썩어 들어가고 있었는데 지금의 대답으로 다들 안도할 수 있었다.

"저에게 보여 주신 호의가 어떤 의미인지 모르지 않습니다. 오히려 받기만 해서 죄송하기도 하고요. 어떨 땐 염치없는 건 아닐까 하는 생각도 듭니다."

"절대 그렇지 않아요."

"적어도 저는 그렇게 생각하지 않는걸요."

이어지는 유하성의 말에 서문예지와 남궁희수가 황급히 손사래를 쳤다.

그리고 말은 하지 않았어도 제갈령령과 황주연의 표정 역시 앞서 대답한 두 여인과 다르지 않았다.

"저희는 괜히 유 공자님께 부담을 드리는 건 아닐까 걱정하는걸요."

"맞아요."

시기적절하게 개인 시비가 가져온 소홍주를 받아 든 황주연이 유하성을 향해 술병을 기울였다.

어느새 비워져 있는 술잔에 술을 따라 주었던 것이다.

"서로 걱정하고 있었네요."

"그래서 정말 다행이라고 생각해요. 더불어 이런 자리도요. 만약 유 공자님께서 이 자리를 만들어 주시지 않았다면 이런 대화를 하기 힘들었겠죠?"

"앞으로 종종 만들겠습니다."

"그래 주시면 저는 좋아요. 저만 초대하셔도 되고요."

찌릿!

유하성이 따라 주는 술을 얌전히 받지 않고 오히려 눈을 마주한 틈을 노리고서 끼를 부리는 황주연의 모습에 세 쌍의 눈빛이 매섭게 얼굴에 꽂혔다.

그러나 살벌한 세 쌍의 안광에도 황주연은 눈 하나 껌뻑하지 않았다.

이 자리에 함께 있는 것만으로도 경쟁은 공평하게 이루어지는 것이었다.

그러니 그녀는 주눅 들지 않았다.

"단둘이는 좀 그렇지 않겠습니까. 안 좋은 말이 나올 수도 있으니까요."

"저는 괜찮아요. 오히려 그렇게 되면 유 공자님께서 저를 책임져 주시지 않겠어요?"

"하하하."

유하성이 어색하게 웃었다.

취기가 올라서 그런지 오늘따라 평소보다 더욱더 적극적으로 나오는 듯해서였다.

특히 황주연이 네 사람 중 양 볼이 가장 붉었다.

"저 궁금한 거 있어요."

"말씀하시죠."

난감해하는 유하성의 모습에 제갈령령이 눈치껏 화제를 돌렸다.

취한 척 연기하는 황주연의 모습이 우습기도 했고 말이다.

끼를 부리는 건 좋지만 그것도 적당히 해야 했다.

찌릿!

남궁희수와 서문예지도 제갈령령과 같은 생각인지 두 사람이 동시에 황주연을 노려봤다.

굳이 전음을 보낼 것 없이 눈빛만으로도 의사전달은 충분했다.

"어떻게 그렇게 강해지시는 거예요?"

"으음."

"아, 질문이 너무 막연했나요? 보통은 정체기라는 게 있잖아요. 무공뿐만 아니라 공부도 그렇고, 금기서화도 마찬가지거든요. 일정 경지에 다다르면 성장속도가 확연히 느려지거나 정체되기 마련인데 유 공자님은 그런 게 없는 것 같아서요."

"저도 궁금해요."

"천강 대협께서도 그 부분에 놀라셨으니까요."

서문예지와 남궁희수가 눈을 반짝였다.

화산에 도착한 후 천강이 보여 준 모습이 세 사람 다 기억에 선명했다.

그런데 유하성은 다른 의미로 살짝 당황했다.

황주연만큼은 아니지만 세 사람 다 얼굴이 살짝 붉어져 있어서였다.

"유 공자님께서는 따로 비무도 잘 안 하시잖아요. 무당산에서 사부님과 지내실 때도 비무는 자주 못 했던 걸로 아는데."

"혼자 하는 수련에 익숙해서 그렇습니다. 그렇다고 비무를 싫어하지는 않습니다. 혼자 하는 수련에는 한계가 있으니까요. 다만 저만의 방식이 좀 있습니다."

"유 공자님의 방식이요?"

제갈령령이 눈을 반짝거렸다.

동시에 세 여인의 눈도 초롱초롱해졌다.

자기만의 방식이 있다고 하자 다들 궁금해졌던 것이다.

"예. 명상으로 수련하는 방식도 있다고 하지만 이 역시 한계가 분명하다고 생각합니다. 그래서 저는 자연에서 많이 배웁니다. 많이 보고, 느끼며, 부딪치면서요."

"자연이요?"

제갈령령은 물론이고 다른 세 사람도 고개를 갸웃거렸다.

알쏭달쏭한 말에 네 사람은 본능적으로 서로를 쳐다봤다.

혹시 이해했냐고 눈빛으로 물어보는 것이었다.

그러나 모두의 표정은 똑같았다.

"네. 옛 선조들이 그러지 않았습니까. 자연을 통해 배운다

무당
패왕

고. 대자연이, 만물이 스승이라고요."

"그런 말들이 있긴 있죠."

"또 저로서는 별다른 선택지가 없었습니다. 찾아오는 제자들은 없었고, 그렇다고 제가 먼저 찾아가고 싶지도 않았습니다. 그때는 저도 혈기가 왕성하던 때라 고집이 있었죠."

"저는 이해해요."

제갈령령이 고개를 끄덕였다.

그의 심정을 십분 이해한다는 듯이 말이다.

오히려 버림받은 상황에서도 삐뚤어지지 않고 지금처럼 반듯하게 자란 게 제갈령령은 너무나 존경스러웠다.

만약 그녀가 유하성의 입장이었다면 제아무리 사문이라고 하더라도, 아니 사문이기에 더더욱 배신감에 치를 떨며 거들떠보지도 않았을 터였다.

스승의 시신을 따로 모시는 한이 있더라도 말이다.

그리고 다시는 무당산을 찾지 않았을 것이었다.

"그래서 고민을 했습니다. 혼자서 어떻게 해야 강해질 수 있을까 하고요. 물론 고민만 해서는 답이 나오지 않죠. 홀로 수련은 계속했습니다. 다른 건 몰라도 몸으로 하는 수련은 자신이 있었거든요. 태극권에 몰두해야만 하는 상황이기도 했고. 그러던 어느 날 태풍이 찾아왔습니다. 그것도 태어나서 처음 보는 무시무시한 태풍이요. 근데 그걸 보는 순간 문득 이런 생각이 들었습니다. 당대의 천하제일인이라면 이 태풍을 일수에 가를 수 있을까?"

꿀꺽!

네 쌍의 시선이 유하성에게 집중되었다.

처음에는 별거 아닌 이야기였으나 점점 갈수록 네 명의 여인들은 빨려 들어갔다.

이야기에 묘한 흡입력이 있었던 것이다.

동시에 네 사람 다 혼자서 태풍을 가르는 상상을 했다.

"천하제일인을 만난 적은 없지만 무당파의 최강자가 그에 근접한 고수라는 사실은 알았습니다. 그때 당시 명천 사백을 만난 적은 없었지만요. 어쨌든 산을 가르고, 바다를 가른 무인이 있다고는 들었으나 태풍을 가르고 재해를 소멸시킨 무인이 있다는 말은 못 들었습니다. 바다와 산을 가른 이들도 전설처럼 회자되는 무인들이었고요."

"너무 허황되기에 전설이라 불리긴 하죠."

"장강을 가른 고수가 있다는 이야기는 들어 봤어요."

황주연과 서문예지가 조심스럽게 입을 열었다.

이야기에 방해가 되지 않는 선에서 맞장구를 쳤던 것이다.

"다른 선택지가 없으니 제가 할 수 있는 건 하나뿐이었습니다. 시도하든가, 포기하든가. 근데 포기는 하고 싶지 않더라고요. 일종의 오기라고 할까요. 모두가 안 될 일에 시간낭비하지 말라는 일을 저와 사부님은 했고, 그때의 결정 역시 마찬가지였습니다. 그리고 남들이 가는 길을 똑같이 걸어가

봤자 따라가는 것밖에는 안 된다는 생각도 들었고요."

"그게 유 공자님의 비결이었군요."

"어떻게 보면 운이 좋았습니다. 만약 얻은 게 없었다면 지금의 저는 없었겠죠."

"아뇨. 제 생각은 달라요. 유 공자님 스스로 생각하기에 얻은 게 없었다면, 시간낭비라고 생각했다면 또 다른 방법을 찾았을 거예요. 제가 본 유 공자님은 그런 분이세요."

제갈령령의 말에 유하성이 씨익 웃었다.

그녀의 말이 정확히 맞아서였다.

애초에 유하성의 삶에 포기라는 단어는 없었다.

틀린 길이라는 걸 알았다면 유하성은 분명 다른 길을 찾았을 것이었다.

꿀꺽.

한데 그걸 제갈령령이 알고 있자 유하성은 묘한 기분이 들었다.

신기하기도 하고 얼굴이 화끈거리기도 하고.

그래서인지 유하성은 자기도 모르게 술을 들이켰다.

하지만 한 가지 확실한 건 지금의 기분이 나쁘지 않다는 점이었다.

'더는 외롭지 않다고 할 수 있나.'

입안 가득 퍼지는 소홍주 특유의 알싸한 향을 느끼며 유하성이 중얼거렸다.

분명 술맛은 썼지만 끝맛은 묘하게 달짝지근한 느낌이었다.

현광이 은근히 떠보았으나 유하성은 여전히 천강을 찾아가지 않았다.

굳이 그와 비무를 해야 할 이유가 없어서였다.

해서 나쁠 건 없지만 또 먼저 찾아갈 이유도 없었다.

스스슥!

그래서 여유롭게 사질들과 매화검수들의 합격진 대결을 지켜보는데 아침 일찍부터 사라졌던 이춘상이 연무장으로 다급히 달려왔다.

누가 봐도 심각한 얼굴로 말이다.

그런데 그건 황주연도 마찬가지였다.

호위무사와 함께 연무장으로 달려왔는데 얼굴이 상당히 심각했다.

"하성아!"

"무슨 일이라도 터졌어? 표정이 왜 그래?"

"십천의 잔당들이 나타났어. 그런데 이놈들이 지들만 나타나지 않았어."

이춘상이 눈앞에 있다면 잘근잘근 씹어 버리겠다는 표정

으로 말했다.

평소에는 보기 힘든 잔뜩 화난 얼굴로 말이다.

"그게 무슨 말이야?"

"개방에도 소식이 전해졌나 보네요."

이춘상에 이어 연무장에 도착한 황주연이 호흡을 고르며 말했다.

마치 이춘상도 당연히 알 거라는 어투로 말이다.

그런데 연무장에 달려오는 건 두 사람만이 아니었다.

제갈령령과 남궁희수, 서문예지가 연이어 유하성의 앞에 도착했다.

"다들 소식을 들으신 모양이네요."

"지들만 나타나지 않았다는 게 무슨 말이야?"

자신만 모르는 것 같기에 유하성이 이춘상을 바라봤다.

그러자 이춘상이 여인들과 눈빛을 교환하더니 목을 가다듬었다.

"제가 대표로 설명하겠습니다."

"생각을 정리할 시간이 필요하나?"

"전혀. 좀 급하게 달려오느라고. 이것저것 확인도 해야 했고."

"그 말은 어느 정도는 확인이 되었다는 거군."

"맞아. 도주한 십천 중 확실하게 정리하지 못한 세 곳. 기억나?"

이춘상의 물음에 유하성이 고개를 주억거렸다.

시간이 제법 흐른 건 맞지만 그렇다고 그리 오래된 건 아니었다.

"하오문, 흑점, 그리고 귀단문이지. 공공문과 일독문의 잔당이 남아 있긴 하지만 제일 문제가 되는 건 앞의 세 곳이지."

"맞아. 귀단문의 경우 문주와 소문주를 처치하기는 했지만 워낙에 가지고 있던 무공과 비전들이 위험천만하니까. 전부 다 밝혀지지 않기도 했고."

"그 세 곳이 나타난 거냐?"

"응. 근데 문제는 그 세 곳만 나타난 게 아니라는 거야. 흑점은 대막의 백랑성과 함께 남하 중이고 하오문은 서장에서 혈뇌음사와 함께 사천성으로 향하고 있어."

"혈뇌음사?"

유하성이 미간을 좁혔다.

대막의 백랑성에 대해서는 얼핏 들은 기억이 있었다.

그러나 혈뇌음사는 아니었다.

"이름처럼 절은 아니고 대뇌음사와 소뇌음사의 파문제자들이 만든 일종의 문파야. 정확히 말하면 사도문파라고 해야 하나. 포달랍궁의 파문제자들도 있고. 승려지만 승려가 아닌 마괴라고 보면 될 거야."

"한마디로 외세의 힘을 끌어들였다는 말이네."

"맞아. 자신들만의 힘으로는 지금의 형세를 뒤집을 수 없으니까. 귀단문의 무인들도 둘로 나뉘어서 함께 움직이고 있다고 해. 서장 쪽은 사천성으로, 대막의 백랑성은 섬서성으로."

"이곳을 노리는 모양이군."

"남하하는 방향을 예상하면 그럴 가능성이 크다고 생각해. 아마 화산파도 슬슬 알게 되었을 거야."

이춘상의 말이 끝나기 무섭게 연무장에 소란이 일어났다.

곳곳에서 화산파의 제자들이 나타났던 것이다.

그와 동시에 웅성거림과 함께 매화검수들이 빠르게 흩어졌다.

"백랑성의 전력은 어느 정도야?"

"화산파 혼자서는 감당하기 힘들 거야. 시작은 마적 무리였으나 지금은 엄연히 대막의 패자이니까."

이춘상이 무거운 어조로 말했다.

번천회와의 전쟁 후 화산파 역시 전력 복구에 힘을 썼다고는 하나 다른 구대문파들과 마찬가지로 소실된 전력을 완전히 복구하지는 못했다.

그렇기에 냉정하게 말해 화산파 단독으로는 백랑성을 감당할 수 없었다.

화산무제 천강은 강했지만 백랑성의 성주도 만만치 않았다.

더욱이 시작이 마적단이었기에 정정당당하게 싸울 거라고 생각해서는 안 되었다.

원하는 걸 얻기 위해서는 수단과 방법을 가리지 않는 게 대막의 무리들이었기에 천강 혼자서는 힘들었다.

"우리가 가세한다면?"

"글쎄다. 백랑성의 전력에 대해서는 우리도 제대로 파악이 되지 않아서. 대막까지 구걸하러 가는 거지는 없으니까."

이춘상이 평소답지 않게 약한 소리를 했다.

중원에서야 어디를 가도 거지를 볼 수 있었지만 대막은 아니었다.

거지가 있기는 하겠으나 개방과 연이 닿아 있을 가능성은 희박했다.

그래서 이춘상은 그에 이어 연무장에 도착한 황주연을 바라봤다.

"저도 이 대협보다 많이 알고 있지는 않아요. 대막에 상행을 가긴 하나 상인들이 보는 것과 무인이 보는 것에는 차이가 있을 수밖에 없으니까요."

황주연은 솔직하게 말했다.

확실하지 않은 걸 애매하게 말할 바에는 차라리 솔직하게 말하고 인정하는 게 나아서였다.

"종남파는?"

"화산도 이제 알았으니 종남파에도 슬슬 전해졌겠지. 아마 장문인과 함께 핵심 전력이 오기는 할 거야. 화산 다음이 종남산이라는 걸 모르지 않을 테니까. 더욱이 흑점이 끌어들였으니 전투는 피할 수 없고."

"종남파가 먼저 도착하지 않으려나?"

"장담할 수 없어. 마적단 출신이라 이동속도가 어마어마해. 애초에 약탈로 먹고살던 녀석들이라 짐도 없어. 필요한 건 다 빼앗으면 되니까. 아마 우리가 생각하는 것보다 훨씬 빠를 거야. 또 그 녀석들이라고 모르지 않을 테니까. 화산으로 화산파의 속가제자들과 종남파의 제자들이 모여들 거라는 사실을."

유하성의 얼굴이 굳어졌다.

어찌 보면 당연한 것이었다.

그래서 유하성은 위화감이 들었다.

숨기지 않고 이동해 온다는 사실이 말이다.

"자신이 있거나 혹은 노림수가 있다는 소리로군."

"맞아. 그리고 우리에게 위협적인 건 바로 노림수이고."

"흑점이 함께하고 있다고?"

"응. 귀단문의 제자들도 함께. 아마 폭정단과 폭혈단을 가지고 있을 가능성이 높아."

사 년의 세월이 지났음에도 제갈령령과 남궁희수, 서문예지의 얼굴에는 두려움이 떠올랐다.

그 정도로 폭혈단과 폭정단이라는 이름이 가지는 무게감

은 상당했다.

더욱이 귀단문의 본거지를 찾아내지 못한 만큼 지난 사 년 동안 폭정단과 폭혈단이 어마어마하게 제조되었을 가능성도 있었다.

"뿌리를 뽑았어야 했는데."

"그러니까."

"문제는 흑점일 거 같은데. 변수를 일으킬 수 있는 건. 흑점이 바라는 건 백랑성이 도착하기 전까지 이쪽의 전력이 집결하지 못하는 것이니까."

"지리멸렬했지만 폭정단과 폭혈단이 있다면 얘기가 달라지지."

스윽.

유하성의 시선이 남궁희수에게로 향했다.

아무래도 여인들 중에서는 그녀가 가장 강하기도 했고, 호위 병력도 남궁세가가 제일 탄탄했다.

"저도 싸울 거예요. 한 손이 아쉬운 상황이잖아요."

"지금은 있는 전력을 최대한 끌어모아야 한다고 생각해요. 그리고 하산하는 게 더 위험할 수도 있어요."

단순히 같이 싸우겠다고 말하는 남궁희수와 달리 제갈령령은 만약의 경우도 생각했다.

안전을 위해 물러나는 게 도리어 위험을 초래할 수 있다고 말이다.

그런데 그 말에 유하성은 머리가 띵 울렸다.

제갈령령의 말이 일리가 있어서였다.

"나도 같은 생각이야. 자칫 잘못하면 각개격파를 당할 수 있어. 폭정단과 폭혈단을 생각해야 해. 소수라고 해서 무시할 수 없어."

"......진퇴양난이네."

"하지만 쉽게 보면 타개책은 간단해."

"이기면 되지."

"맞아."

복잡하게 보면 한없이 복잡했다.

그런데 쉽게 보면 또 쉬웠다.

즉 생각하기 나름이었다.

"어쩌면 저희가 흩어지길 기다리고 있을 수도 있어요."

단순히 백랑성의 침공이라면 제갈령령도 이런 걱정은 하지 않았을 것이었다.

백랑성의 본거지는 대막이었고, 즉 중원무림에는 아무런 지지기반도 없었다.

그렇기에 크게 신경 쓸 게 없었다.

하지만 백랑성을 끌어들인 게 흑점이라면 얘기가 달라졌다.

"수뇌부가 새외로 도망쳤다고 하나 그렇다고 모든 영향력이 사라지지는 않았을 테니."

"맞아요. 게다가 패장이라고 하지만 그래도 중원의 흑점을 쥐락펴락했던 인물이에요. 손발이 다 잘렸다고 해도 아직 흑점주를 따르는 이들이 있을 거예요."

제갈령령의 말에 이춘상이 고개를 주억거렸다.

그의 생각 역시 그녀와 같아서였다.

두 세력을 따로 떨어뜨려 놓고 본다면 어느 쪽이든 크게 문제가 되지 않았지만 합쳐지면 골치가 아파졌다.

"둘 다 지금 화산을 내려가는 건 위험하다는 쪽이죠?"

"응."

"네. 주연이에게는 미안하지만 금와장이라고 해서 흑점과 관련이 있는 무인들이 봐주지는 않을 거예요."

제갈령령이 조심스럽게 말을 이었다.

두 눈에 미안함을 가득 담아 황주연을 바라보면서 말이다.

그러나 제갈령령의 그런 시선에도 황주연은 개의치 않았다.

"굳이 언니나 유 공자님 때문이 아니더라도 흑점은 저와 주성이를 가만두지 않았을 거예요. 전쟁에서 패퇴한 후 흑점을 공격한 건 금와장 역시 마찬가지니까요. 거기다 먼저 싸움을 건 쪽은 흑점이에요."

황주연이 도도한 얼굴로 말했다.

엄밀히 따지자면 금와장 역시 피해자였다.

그런데 복수 운운하는 건 가당치도 않았다.

"결론은 났네."

"흐음."

유하성의 얼굴에 걱정이 떠올랐다.

백랑성과의 전투는 솔직히 두렵지 않았다.

십천의 잔당이 남아 있을 때부터 언젠가는 이런 일이 벌어지리라 생각하고 있었다.

다만 문제는 너무 준비가 안 된 상태에서 일이 터졌다는 점이었다.

'일단 무당산이 아닐뿐더러 소향이도 있으니까.'

유하성의 가장 큰 걱정은 바로 이소향의 안전이었다.

무당파의 제자들을 지키는 것도 중요하지만 그에게는 이소향이 더 중요했다.

거기다 원상이나 원호, 원경은 각자 자기 몫은 해 줄 수 있는 무인이었다.

하지만 이소향은 달랐다.

"너무 걱정하지 마. 나라고 가만히 있었겠어? 인근의 개방 제자들에게 다 도움을 청했어. 화산파에서도 소집령을 내렸을 테고. 흑점주의 입김이 닿는 부하들과 세력들이 있겠지만 그들만으로 이곳을 도모할 수는 없어. 종남파에도 연락을 보냈으니 최대한 서둘러서 오고 있는 중일 테고. 거기다 호북성과도 맞닿아 있으니 상황이 최악인 건 아냐. 변수가 많아서 그렇지."

유하성의 걱정을 이춘상은 꿰뚫어 봤다.

아니, 알지 못하는 게 오히려 이상했다.

그의 제자 사랑이 극진하다는 건 모두가 알고 있으니까.

그리고 어린아이는 언제, 어느 때고 보호받아야 할 의무가 있었다.

"소향이는 걱정하지 마세요. 제가 목숨을 걸고 지키겠습니다."

유하성의 곁으로 원경이 다가왔다.

방금 전까지 대련을 했기에 얼굴이 땀범벅이었으나 그게 결연한 표정을 가리지는 못했다.

"왜 나는 빼? 나도 사매를 지킬 거다."

"원호 사형의 마음은 압니다만 후방에 있으시려고요?"

전력 낭비가 아니냐고 에둘러 말하는 원경의 말에 원호가 앓는 소리를 냈다.

이소향이 걱정되는 건 마찬가지였으나 원경의 말이 맞았다.

지키는 것도 중요하지만 그보다 더 중요한 건 적을 분쇄하는 일이었다.

사고가 일어나기 전에 원인을 제거한다면 그보다 더 좋은 건 없었다.

"본 가에도 지원요청을 했어요. 종남파보다는 늦겠지만 그래도 최대한 서두를 거예요."

무당
패왕

"저도 연락할게요."

"본 가가 큰 도움은 안 되겠지만 그래도 저 역시 연락할게요."

"그럼 각자 연락하고 모이죠. 저도 장문사형께 전서구를 보내야 할 것 같습니다."

제갈령령, 남궁희수, 서문예지와 차례대로 눈을 마주하며 유하성이 말했다.

개방과 세 가문에 알려질 정도라면 무당파 역시 새외무림의 침공을 알고 있을 가능성이 크지만 그래도 혹시 몰라서였다.

이곳의 자세한 상황을 모를 수도 있기에 유하성은 일단 흩어진 후 나중에 다시 모이기로 했다.

"가자."

"네, 사부님!"

유하성은 가장 먼저 이소향을 챙기고서 원상과 원호, 원경과 함께 처소로 향했다.

난리가 난 것처럼 시끄러운 화산파의 경내와 달리 주변은 평소와 다름없이 조용했다.

인간들이야 난리법석을 떨지 모르나 대자연은 아니었다.

늘 그랬던 것처럼 자기 자리를 조용히 지켰다.

그런데 그 수림을 가로지르는 일단의 무리가 있었다.

스스슥!

잠행복 옷차림을 한 이들이 빠르게 화산을 오르고 있었다.

하나같이 형형한 안광을 흩뿌리면서 말이다.

한데 문제는 그런 무리들이 한두 개가 아니라는 점이었다.

스윽.

선두에서 산을 오르던 복면인이 멈춰 서며 오른손을 들어 올렸다.

그러자 그의 수신호에 뒤따르던 이들이 일제히 멈춰 섰다.

"약속한 시간까지 얼마나 남았지?"

"반 시진 남았습니다."

"조금 일찍 도착했군."

선두의 복면인이 얼굴을 반 가까이 가리고 있던 복면을 내렸다.

그러자 산 특유의 맑은 공기가 폐부를 가득 채웠다.

대막의 건조하고 텁텁한 공기와는 전혀 다른 공기가 말이다.

제93장 백랑성百狼城

"일찍 도착한 덕분에 조금이나마 휴식을 취할 수 있게 되지 않았습니까. 저는 잘된 일이라고 생각합니다."

"그렇긴 하지. 아슬아슬하게 도착하는 것보다는."

대막에서는 맡아 볼 수 없는 산의 냄새를 한껏 흡수하며 중년인이 고개를 돌렸다.

동료 겸 길 안내를 위해 함께한 두 명이었는데 둘 다 똑같이 말수가 없었다.

딱 필요한 말만 한다고나 할까.

특히 두꺼운 피풍의를 입은 자는 기분 나쁜 분위기를 풍겼다.

"……할 말이 있습니까?"

"많지. 저자는 마지막까지 입을 안 열 생각인가? 아니면 혹시 벙어리?"

"벙어리는 아닙니다. 그리고 임무를 수행하는 데 대화가 중요한 건 아니지 않습니까?"

흑점주의 수하 중 한 명이 피풍의의 사내를 대신해서 입을 열었다.

평탄치 않은 삶을 살아왔다는 걸 보여 주듯이 얼굴에는 얇은 자상들이 가득했는데 이 중에 그 흉터에 신경 쓰는 이는 아무도 없었다.

험난하게 살아온 건 백랑성의 승냥이들도 마찬가지였기에 부하들은 알아서 적당히 흩어져 휴식을 취했다.

"뭐, 그렇긴 하지."

"실력은 확실합니다. 그건 대주님도 아시지 않습니까."

"약발인지 어떻게 알아?"

중년인이 코웃음을 쳤다.

분명 풍기는 기도는 범상치 않았다.

백랑성에서 랑(狼)의 칭호를 가질 수 있는 건 서열 백 위까지였다.

그래서 백랑성(百狼城)이었고.

또한 따로 부대를 만들 수 있는 것 또한 랑의 칭호를 가진 자들뿐이었다.

중년인은 바로 그 백랑(百狼) 중 한 명이었고.

"환약의 힘은 일시적입니다. 그건 대주님도 확인해 보셨지 않습니까?"

"우리에게 준 것과 다른 걸 가지고 있을 수도 있지."

"제가 알기로는 없습니다."

"십천이라고 하나, 같은 소속은 아니라며?"

중년인의 서늘한 눈동자가 남자에게 닿았다.

그러나 중년인의 강렬한 안광에도 남자는 긴장하지 않았다.

중년인이 백랑 중 한 명이라고 하나 남자 역시 흑점주의 수족 중 한 명이었다.

실력으로는 크게 밀리지 않았다.

"맞습니다. 하지만 같은 목적을 가지고 있는 만큼 숨기거나 하는 건 없습니다."

"듣기로는 벽력탄이라는 것도 있다던데?"

"아쉽게도 남아 있는 건 없습니다."

"그래?"

중년인이 재차 반문했다.

마치 거짓말하는 거 아니냐는 듯이 말이다.

그러나 남자는 그 시선을 마주하며 고개를 저었다.

"없습니다."

"아쉽군. 한번 구경해 보고 싶었는데. 나름 쓸모도 있을 것 같고."

시간이 남아서일까.

중년인은 쓸데없는 말을 지껄였다.

그게 남자는 거슬렸으나 어쩔 수 없었다.

중원무림을, 정확하게는 백도무림을 흔들기 위해서는 백
랑성의 도움이 필수였다.

'그때까지만 참는다.'

남자가 속으로 중얼거렸다.

어차피 백랑성의 용도는 명백했다.

쓸 수 있을 때까지만 쓸 생각이었다.

백랑성이야 혈뇌음사가 사천성을 비롯해서 서쪽을 뒤흔들
기에 나름 승산이 있다고 생각했겠지만 백도무림은 만만치
않았다.

괜히 번천회가 무너진 게 아니었다.

그러나 정복이 아니라 혼란 정도라면 백랑성도 충분했다.

'알고 있겠지만, 그래도 탐이 나겠지. 모래만 흩날리는 대
막에 비하면 중원은 낙원이나 마찬가지니까.'

인간은 적응의 동물이고 황폐하기 그지없는 사막에서도
사람은 살아갔다.

그러나 사막에 적응을 했다고 해서 살기 편하다는 건 아니
었다.

때문에 늘 새외에서 살아가는 이들은 중원을 꿈꿨다.

자신도 그렇지만 자식에게 척박한 땅에서 살아가야 하는

미래를 주고 싶지는 않아서였다.

"화산파에 무림삼화 중 두 명이 있다고?"

"그렇습니다."

다만 남자의 옆에 있는 중년인은 여느 대막인들과는 조금 다른 생각을 가지고 있었다.

보통의 사람들이야 척박한 환경에 진저리를 치지만 중년인 정도의 위치에 오르면 대막에서의 삶도 나쁘지 않았다.

그래서인지 중년인은 염불보다는 잿밥에 관심을 보였다.

"흐흐흐흐! 천하의 무림삼화 중 두 명이란 말이지."

중년인이 음충맞은 웃음을 흘렸다.

무림삼화를 떠올리는 것만으로도 아랫도리에 힘이 들어갔다.

소문만 무성히 들었지 본 적은 없었음에도 불구하고 말이다.

하지만 상상과 크게 다를 것 같지는 않았다.

"미리 말씀드렸다시피 저희는 전리품이 필요 없습니다. 그저 화산파의 멸문을 바랄 뿐입니다. 거기에 패왕과 옥만개까지 추가해서요. 나머지는 대주님께서 어떻게 하시든 관여하지 않을 생각입니다."

"나중에 딴말하기 없기다."

"물론입니다."

남자가 단호하게 대답했다.

그 역시 남자였고, 실제로 무림삼화를 멀리서나마 본 적이 있었다.

그러나 미녀보다는 대업이 우선이었다.

또 눈앞에 있는 색랑(色狼)이 여자에 정신을 차리지 못하면 그로서는 좋았다.

"대주님."

"왜?"

백화와 소화를 생각하며 헤벌쭉 웃고 있을 때 심복이라 할 수 있는 부대주가 은근한 목소리로 그를 불렀다.

그러더니 자연스럽게 주변을 한 차례 살펴보고는 색랑에게 다가와 귓속말하듯이 속닥거렸다.

"꼭 약속시간을 지킬 필요가 있겠습니까?"

"응?"

"우리가 조금 늦게 돌격해도 되지 않겠습니까? 핑계 댈 건 많지 않습니까. 초행길이라 조금 헤맸다고 해도 되고. 아니, 솔직히 우리가 늦었는지도 모를 겁니다. 한창 전투를 치르고 있을 테니. 그사이 대주님께서는 무림삼화를 찾으시는 거죠."

"호오."

색랑이 솔깃한 표정을 지었다.

단순히 남궁희수와 서문예지를 품을 것만 생각했지 어떻게 차지할지에 대해서는 전혀 고민하지 않았었다.

그런데 부대주의 말을 들으니 자신이 간과하고 있던 게 떠올랐다.

백랑성에서 가장 여자를 밝히기에 색랑이라는 칭호를 얻었으나 남자는 다 똑같았다.

더욱이 그냥 여인도 아니고 무림삼화였다.

중원의 여인들 중에서 가장 아름답다고 인정받는 여인 중 무려 두 명이 여기 화산에 있었다.

그리고 머리로 아는 것하고 직접 보는 건 완전히 달랐다.

'두 눈으로 직접 보면 얼마든지 마음이 바뀔 수 있지.'

색랑이라 불린다고 하나 그 혼자만 여자를 밝히는 건 아니었다.

다른 백랑들에 비해 유독 더 밝히는 것뿐이지 다른 이들도 여자를 탐하는 건 마찬가지였다.

"재주는 곰이 넘고 돈은 왕 서방이 챙긴다고 하지 않습니까. 재주를 부릴 곰들은 많으니 챙기는 건 대주님께서 챙기셔야지요."

"맞아. 먼저 잡는 쪽이 임자이니까. 굳이 남 좋은 일을 만들 수는 없지."

색랑의 눈동자가 희번덕였다.

비록 여자를 탐하느라 무공수련을 소홀히 해서 백랑 중 서열이 그리 높은 건 아니지만 이런 쪽에는 그가 전문가였다.

누구보다 먼저 챙긴 후에 두 여인을 꼭꼭 숨겨 놓는다면,

아니 여차하면 백랑성에서 빠져나오면 되었다.

두 여인이 남궁세가와 서문세가의 금지옥엽이기에 중원에 들어오지는 못하겠지만 세상은 넓었다.

중원과 대막이 아니더라도 갈 곳은 널렸다.

서장도 있고, 요녕성과 길림성도 있었다.

"맞습니다. 대신 저희들에게도……."

"당연히 챙겨 주마. 백화와 소화도."

"저, 정말이십니까?!"

부대주는 물론이고 몰래 귀를 기울이던 부하들도 화들짝 놀랐다.

설마하니 두 여인을 양보해 줄 줄은 몰라서였다.

가까운 만큼 누구보다 색랑의 탐욕에 대해 잘 아는 게 수하들이었다.

그래서 그들은 정말 놀랐다.

"물론이지. 앞으로도 함께할 이들인데. 아, 그렇다고 바로는 아니고 내가 충분히 데리고 논 후에. 아무리 그래도 찬물도 위아래가 있는 법이니까."

"물론입죠!"

"감사합니다!"

사기가 폭발적으로 올라갔다.

다른 이도 아니고 무림삼화 중 소화(笑花)와 백화(白花)였다.

그렇기에 부대주는 물론이고 대원들은 사실 크게 기대하

지 않았었다.

색랑의 미녀에 대한 욕심을 잘 알아서였다.

'우리도 맛볼 수 있다고?'

'무려 무림삼화 중 두 명을……!'

대원들이 서로를 바라보며 음심을 폭발시켰다.

말은 하지 않아도 눈빛만으로 서로가 무슨 생각을 하는지
알 수 있었다.

하지만 그들은 몰랐다.

색랑이 비릿한 눈빛으로 그들을 쳐다보고 있다는 사실을
말이다.

'너희는 그저 죽어라 싸우면 된다. 진짜 죽을 때까지 말이
다. 흐흐흐!'

남궁희수와 서문예지에 눈이 먼 부하들의 모습에 색랑이
히죽 웃었다.

말은 나눠 주겠다고 했으나 그는 절대 그럴 생각이 없었
다.

두 여인을 죽을 때까지 누구하고도 나누지 않을 생각이었
다.

그러나 이렇게 말한 건 안전을 확보할 때까지 부하들이 필
요해서였다.

"견마지로를 다하겠습니다!"

"무슨 수를 써서라도 백화와 소화를 확보하겠습니다!"

그것도 모르고 평소에는 볼 수 없었던 충정 가득한 음성으로 소리치는 부하들의 모습에 색랑이 표정을 가다듬었다.

속마음을 들켜서는 안 되어서였다.

"다들 고맙다. 내 너희들의 충정을 잊지 않을 것이야. 아, 그리고⋯⋯."

"저희는 걱정하지 않아도 됩니다. 또 따로 윗선에 보고하지도 않을 겁니다."

"말이 통해서 좋군."

색랑이 흡족한 미소를 머금었다.

남자가 의외로 융통성이 있는 듯해서였다.

"저희에게 중요한 건 결과입니다. 화산파가 무너지는 것. 그것만 이루어진다면 나머지는 크게 중요치 않습니다."

"나중에 우리끼리 싸울 일만 없었으면 좋겠군."

"그럴 일은 없을 겁니다."

색랑이 다시 한번 떠보았다.

사람 마음이라는 게 뒷간에 들어가기 전과 후가 다를 수밖에 없다는 걸 잘 알아서였다.

특히나 이런 쪽의 일은 몇 번이고 확인이 필요했다.

확인을 해도 손바닥 뒤집는 것처럼 마음이 바뀌는 게 다반사이기도 했고.

뎅뎅뎅뎅!

그때 화산파가 자리 잡은 곳에서 격렬한 경종 소리가 울려 퍼졌다.

아직 약속된 시간이 반 식경 정도 남았는데 경종이 울렸다는 건 누군가가 들켰다는 걸 뜻했다.

하지만 사방에서 울리기 시작하는 경종 소리에도 색랑은 히죽 웃었다.

시끄러우면 시끄러울수록, 싸우면 싸울수록 그에게는 유리해서였다.

"들통 난 모양입니다."

"멍청한 녀석들이 한둘이어야지. 분명 성격 급한 놈들이 먼저 달려들었을 거야."

"어쩌면 백화와 소화를 노리는 것일지도 모릅니다."

부대주가 붉어진 얼굴로 말했다.

혹시라도 백화와 소화를 놓칠까 봐 안절부절못하는 것이었다.

그런데 그건 대원들도 마찬가지였다.

하나같이 몸이 달아오른 표정이었다.

"그럴지도 모르지. 하지만 결국 차지하는 건 우리다. 계획대로 조금 기다린다."

"얼마나 기다리실 생각입니까?"

"예기치 못한 습격이라고 하나 그래도 화산파다. 처음에는 당황할지 몰라도 빠르게 대처할 거다. 우리 역시 기습에 중점을 두었기에 전력이 완벽하지 않고. 그러니 치고받고 싸우느라 힘이 빠질 때까지 기다린다. 한 반 식경 정도?"

"늦지 않을까요?"

"쯧쯧! 뭐가 그리 급하느냐. 다른 이도 아니고 남궁세가와 서문세가의 장중보옥이다. 화산파에게는 귀빈 중의 귀빈이지. 그런 이를 위험한 곳에 두겠느냐?"

색랑이 혀를 찼다.

다급한 건 이해가 되었지만 그래도 너무 앞을 보지 못하는 듯했다.

하지만 한편으로는 부대주가 이럴수록 그의 마음은 편안해졌다.

부대주를 비롯해 대원들의 몸이 달아오를수록 그가 다루기에는 편해져서였다.

"아!"

"게다가 제갈세가와 금와장의 여식도 있지 않더냐. 그 둘은 너희들에게 넘겨주마."

꿀꺽!

백화와 소화에 비하면 미색이 떨어진다고 하나 그래도 명문세가의 여식이었다.

억척스럽기 그지없는 대막의 여인들하고는 비교도 할 수 없었기에 다시 한번 대원들의 눈빛이 뜨거워졌다.

"감사합니다, 대주님!"

"죽을 때까지 모시겠습니다!"

"그래그래. 그보다 화산파 내에서의 길 안내도 필요할 거 같은데, 혹시 아나?"

색랑의 시선이 흑점의 남자에게로 향했다.

늦게 들어가는 만큼 중요한 게 시간을 낭비하지 않는 것이었다.

속전속결로 단숨에 목적지로 들어가야 했기에 색랑이 기대하는 표정으로 물었다.

"귀빈들이 주로 어디에 머무는지는 대충 알고 있습니다. 그러나 정확하게는 모릅니다."

"그것만으로도 충분해. 나머지는 눈치껏 파악하면 되니까."

색랑이 고개를 주억거렸다.

그러고는 차분하게 팔짱을 끼고 기다렸다.

출발할 때가 되기를 말이다.

"시간 되었습니다."

"가자."

"예!"

스스슥!

색랑의 지시에 쉰 명 정도 되는 인원이 일제히 움직였다.

소란을 틈타 화산파의 경내로 빠르게 진입했던 것이다.

잠시 후 색랑의 눈에 정신이 번쩍 들 만한 미녀 네 명이 들어왔다.

'찾았다!'

처음 보는 여인들이었지만 색랑은 단번에 알 수 있었다.

지금 보이는 여인들 중 두 명이 무림삼화 중 백화와 소화라는 사실을 말이다.

그 정도로 두 명의 미녀는 압도적인 존재감을 사방팔방에 흩뿌리고 있었다.

카카캉!

물론 그렇기에 달려드는 부나방들도 많았다.

그가 두 미녀를 염두에 두고 있던 것처럼 백랑성의 다른 녀석들도 소화와 백화를 찾았던 것이다.

"벌써 여기까지!"

"역시 발정 난 새끼들이란!"

이미 와서 싸우고 있는 모습에 부대주와 대원들이 이를 갈았다.

최단거리로 왔음에도 먼저 온 이들이 있어서였다.

그러나 분노도 잠시 이내 그들의 얼굴은 밝아졌다.

도착은 제일 먼저 했을지 모르나 안타깝게도 결과를 내지는 못했다.

쩌어억! 쯔억!

남궁세가와 제갈세가, 서문세가의 무인들에게 말 그대로 썰리고 있어서였다.

비명도 지르지 못하고 도륙당하는 경쟁자들의 모습에 부

대주와 대원들은 안타까움을 느끼기는커녕 오히려 통쾌한 기분이 들었다.

경쟁자들이 죽어 나갈수록 호위무사들의 내공과 체력 역시 소모될 것이기 때문이다.

어떻게 보면 일거양득, 일석이조의 상황이었다.

"……조심해야 합니다. 패왕과 옥만개가 있습니다."

기뻐하는 색랑과 그의 부하들과는 달리 흑점 소속의 남자가 무거운 어조로 말했다.

그의 눈에 유하성과 이춘상의 모습이 보여서였다.

하지만 은은한 두려움이 서려 있는 그와 달리 색랑은 기세등등했다.

"그래 봤자 둘이다. 우리는 오십 명이 넘고. 게다가 달려들 이들은 넘쳐 나지."

일대일이라면 색랑은 천하십대고수에 꼽히는 유하성을 상대할 자신이 없었다.

그러나 그는 혼자가 아니었다.

지금 이 순간에도 백화와 소화를 차지하기 위해 백랑성의 승냥이들이 달려들고 있었다.

거기다 흑점의 무인들이 유하성과 이춘상을 노리고서 끊임없이 모여드는 중이었다.

"우리의 목표는 두 사람이 아니지 않습니까, 대주님."

"맞아."

"약속을 잊으신 겁니까?"

죽이 척척 맞는 색랑과 부대주의 모습에 흑점의 남자가 심기 불편한 목소리로 물었다.

아무리 떡고물에 더 관심이 많다지만 흑점이 백랑성에 요청한 건 화산파와 패왕, 옥만개를 지워 버리는 것이었다.

그런데 색랑은 그 부분에 대해서는 전혀 생각하지 않는 듯했다.

"약속을 잊다니? 지금 충실히 이행 중이지 않나? 저기서 가장 많이 죽어 나가는 이들은 백랑성의 무인들이다."

색랑이 히죽 웃었다.

남자의 말에 어폐가 있어서였다.

흑점에서 보낸 무인들의 숫자도 상당했으나 누가 뭐래도 가장 많은 인원을 차지하는 건 백랑성이었다.

"으음!"

동료라고 부르기에는 힘들지만 어찌 됐든 같은 소속인 건 분명했다.

그렇기에 남자가 침음을 흘렸다.

이런 식으로 나오면 그가 할 말이 없어져서였다.

"너무 독촉하지 말라고. 나도 언제까지나 가만히 있을 생각은 없으니까. 저기 여인들을 차지하려면 어쨌든 패왕과 옥만개를 처리해야 하지 않나?"

"……그렇죠."

"그러니까 기다리라고. 약속은 지킬 테니까. 물론 우리만으로는 버거울 수도 있으니까 그쪽 두 명도 함께해야 해."

"언제 합류하실 생각입니까?"

갑작스러운 습격에 화산파가 들썩이고 있었으나 이 혼란은 결코 오래가지 않을 터였다.

그저 그런 문파도 아니고 천하의 화산파였다.

소림사와 무당파를 제외하면 구대문파 중 제일이라고 할 수 있는 곳이 화산파인 만큼 얼마 안 가서 이 혼란을 수습할 게 분명했다.

더욱이 야밤에 기습의 묘를 살렸다고 하나 숫자가 그리 많지는 않았기에 최대한 빨리 결판을 내야 했다.

"가장 위험인물이라 할 수 있는 패왕과 옥만개의 힘이 어느 정도 빠졌을 때 공격하는 게 가장 좋을 것 같은데."

"그러다가 시기를 놓칠 수가 있습니다. 이곳은 화산파입니다. 지금은 기습으로 인해 우왕좌왕하고 있을 뿐입니다. 혼란이 가라앉으면 불리한 건 우리 쪽입니다."

"정확하게는 두 사람 쪽이겠지. 우리는 적당히 치고 빠질 생각으로 온 거니까. 지금은 말 그대로 인사의 의미, 전초전이니까."

"그래도 가능하다면 최대한의 피해를 입히는 게 좋지 않습니까. 전면전을 생각하면요."

남자가 조심스럽게 말했다.

어떻게든 자신의 의도대로 색랑을 움직이기 위해서였다.

하지만 색랑도 만만치 않았다.

흑점과 귀단문, 하오문과 손을 잡기는 했으나 약속한 건 지금 당장 화산파를 멸문시키는 게 아니었다.

"알지. 나라고 그걸 모를까. 다만, 우리가 무리를 할 필요는 없다는 거지."

"……알겠습니다."

남자가 딱딱하게 굳어진 얼굴로 대답했다.

이번의 말로 자신이 무슨 말을 해도 색랑이 듣지 않으려 한다는 걸 알 수 있어서였다.

또한 목표가 오직 소화와 백화라는 것도.

지금만 하더라도 색랑의 시선은 두 미녀에게서 떨어지지 않고 있었다.

"정 급하면 먼저 가. 말리지 않을 테니. 흑점과 귀단문은 저기 있는 패왕과 옥만개에게 갚아야 할 빚이 있지 않나?"

색랑이 은근한 목소리로 말했다.

남자와 피풍의의 사내가 나서면 그로서는 이득이었다.

자신의 전력을 고스란히 유지한 채 적의 힘을 빼 놓을 수 있었으니까.

특히 색랑은 피풍의를 입은 사내에게 기대하는 바가 컸다.

"어?! 어어?!"

한데 그때 부대주가 갑자기 소리를 질렀다.

대경한 얼굴로 손가락을 들어 어느 한 곳을 가리켰던 것이다.

그리고 그곳을 본 대원들의 표정 역시 하나같이 굳어졌다.

"패왕이, 패왕이 옵니다!"

"왜 이곳으로 오는 거야?!"

당혹성이 곳곳에서 터져 나왔다.

갑자기 유하성이 달려오자 다들 깜짝 놀란 것이었다.

그리고 그건 색랑 역시 마찬가지였다.

반면에 남자는 반색한 표정을 지었다.

"결정을 내려야 합니다."

"끄응!"

안 그래도 미적거리던 색랑이 마음에 들지 않던 찰나였다.

그런데 유하성이 먼저 달려들자 남자는 곧바로 입을 열었다.

싸우든 도망치든 반드시 한쪽을 선택해야 한다고 말이다.

"모두 공격해!"

색랑은 결단을 내렸다.

남자가 굳이 말하지 않더라도 색랑 역시 알고 있었다.

이렇게 된 이상 피할 수 없다고 말이다.

게다가 생각해 보면 상황이 썩 나쁜 것만은 아니었다.

'오는 건 혼자다.'

색랑의 두 눈이 살기로 번들거렸다.

유하성은 분명 고수였다.

번천회와의 전쟁으로 공석이 된 천하십대고수에 추대되는 것만 봐도 유하성의 위상을 알 수 있었다.

하지만 제아무리 고수라도 쪽수 앞에는 장사 없는 법이었다.

'어차피 소화와 백화를 가지려면 저놈을 쓰러뜨려야 하니까.'

예상치 못한 상황이었으나 색랑의 입장에서는 또 나쁠 게 없었다.

패왕과 옥만개를 동시에 상대하는 것보다는 하나씩 상대하는 게 훨씬 좋았다.

파바바밧!

거기다 여기에는 그만 있는 게 아니었다.

흑점과 귀단문의 무인도 있었고, 유하성이 달려오자 두 사람 역시 몸을 날렸다.

곳곳에서 살벌한 전투가 벌어지는 걸 지켜보던 유하성은 땅을 박찼다.

이춘상이 있기에 그를 믿고 움직인 것이었다.

게다가 사문이 기습을 당했음에도 현광은 가장 먼저 이곳을 찾아 주었다.

장문인인 천강이 아닌 이곳을 선택했던 것이다.

'거기다 원상과 원호도 있으니.'

화산파의 제자는 현광이 유일했으나 유하성은 자신이 자리를 비우는 것에 걱정하지 않았다.

남궁세가와 제갈세가, 서문세가, 금와장의 무인이 있을뿐더러 원호와 원상, 원경의 실력 역시 상당했다.

그렇기에 유하성은 그들을 믿고 가장 위험한 냄새를 풍기는 곳으로 이동했다.

방어가 완벽하다면 공격을 미룰 이유가 없었다.

'가장 완벽한 방어는 공격이기도 하고.'

사방팔방에서 적들이 덮쳐 오고 있었으나 상황은 그리 나쁘지 않았다.

화산파의 지원은 없었으나 모여 있는 전력이 상당했다.

단 한 명뿐이긴 하지만 차기 장문인이라 할 수 있는 현광도 있었고.

"죽어!"

"같이 죽자!"

그래서 유하성은 망설임 없이 몸을 날렸다.

안전이 확보되었기에 가장 큰 위험을 제거하기 위해서.

그런데 그가 몸을 날리자 백랑성의 무인들과는 확연히 다른 옷차림의 무인들이 벌 떼처럼 달려들었다.

자유분방함이 느껴지는 흑점의 무인들이었는데 그들의 얼굴에는 하나같이 핏발이 잔뜩 돋아나 있었다.

　바로 폭혈단의 전조현상이었다.

　개개인의 무력으로는 유하성의 상대가 안 된다는 걸 너무나 잘 알았기에 흑점의 무인들은 처음부터 최고의 수를 꺼냈다.

　덥석!

　다만 문제는 유하성이 이에 따른 대응책을 준비해 두었다는 것이었다.

　폭혈단은 분명 위협적인 무기였으나 파훼법이 없는 건 아니었다.

　그걸 유하성은 직접 보여 주었다.

　근처에서 서문세가의 무사들과 싸우고 있던 백랑성의 무인 한 명의 뒷덜미를 잡아서는 그대로 던졌다.

　"어?"

　설명은 길었으나 일련의 동작은 물 흐르듯이 자연스럽고 빨랐다.

　거기다 흑점의 무인들은 달려들던 상태였기에 날아오는 속도가 더더욱 빠르게 느껴질 수밖에 없었다.

　퍼억!

　옆으로 누운 듯이 날아간 백랑성 무인의 두 눈에 당혹감이 떠올랐다.

자신이 왜 이렇게 되었나 스스로에게 자문하는 듯한 표정이었다.

하지만 그와 달리 흑점 소속의 무인은 악을 질렀다.

절묘한 순간에 방해를 받아서였다.

"제엔장!"

퍼어어엉!

폭정단과 달리 폭혈단은 먹는 순간 끝이었다.

도중에 멈출 수 없었기에 무조건 폭사할 수밖에 없었다.

물론 폭발하는 시간을 어느 정도는 늦출 수 있으나 일각까지는 무리였다.

그렇기에 흑점의 무인들은 유하성의 근처에도 가지 못한 채로 폭사했다.

"뭐 해! 계속 달려들어!"

"틈을 주지 말라고!"

"너희들은 비켜! 떨어지라고!"

한 명은 시작일 뿐이었다는 듯이 유하성은 폭혈단을 먹은 이들에게 백랑성의 무인들을 계속 집어 던졌다.

손에 닿는 족족 제압해서 흑점의 무인들에게 던져 버렸던 것이다.

그러나 흑점의 무인들은 알면서도 당할 수밖에 없었다.

폭혈단을 먹은 순간 돌이킬 수 없어서였다.

"이 개새끼야!"

"비겁한 놈!"

"정정당당하게 싸우자!"

"웃기는 놈들이네."

온갖 개소리를 지껄이는 모습에 유하성이 어처구니없다는 표정을 지었다.

폭혈단을 삼킨 주제에 정정당당을 운운하니 어이가 없었다.

심지어 야밤에 기습을 한 건 저쪽이었다.

"크아아아! 죽어라!"

"오늘은 기필코 피의 복수를 할 것이다!"

허무할 정도로 너무 쉽게 허물어지는 흑점 소속 무인들의 모습에 귀단문도들이 재빨리 합류했다.

특유의 끈적끈적한 기도를 풍기며 맹렬한 공격을 퍼부었던 것이다.

동귀어진이라도 하겠다는 듯이 강기를 사방팔방에 뿌려대자 주변이 초토화되었다.

하지만 귀단문의 소문주도 상대하고 쓰러뜨렸던 유하성에게는 부질없는 공격일 뿐이었다.

툭. 투둑.

폭풍처럼 휘몰아치는 파상공세에도 유하성은 당황하지 않고 간결하게 움직였다.

딱 필요한 만큼만 움직이며 귀단문도들을 가격했던 것이

다.

효율적인 움직임이라는 게 마치 이런 것이라는 듯이 유하성은 간결하고 깔끔하게 귀단문도들에게 접근해서는 몸을 두드렸다.

주먹이나 장심으로 때리는 게 아니라 그냥 단순히 툭툭 치기만 했다.

"끄으윽!"

"킥!"

그런데 찰나의 접촉뿐이었음에도 귀단문도들은 거꾸러졌다.

하나같이 입에 게거품을 문 채로 말이다.

그리고 두 번 다시 일어나지 못했다.

내부를 박살 낸 침투경에 즉사한 것이었다.

"허업!"

그 광경에 부대주가 입을 쩍 벌렸다.

딱히 위력적인 공격을 한 것도 아니었다.

그저 툭툭 건드리기만 했는데 귀단문도들이 추풍낙엽처럼 쓰러지자 부대주는 보고도 믿기지 않았다.

"뭣들 하는 것이냐! 전부 달려들어!"

여기까지 길 안내를 했던 흑점 소속의 남자조차 유하성의 검지에 이마를 맞고 허물어지는 모습에 색랑이 다급하게 소리쳤다.

무시무시한 무위를 보여 주었지만 달리 말하면 그만큼 내공과 체력을 소모했다는 뜻이기도 했다.

　그러나 이 정도로는 부족했기에 색랑은 부하들을 닦달했다.

　"으아아아!"

　"저놈도 인간이다! 피육으로 된 인간이라고!"

제94장 패왕이니라

패왕이라는 별호답게 가로막는 모든 것을 여유롭게 깨부수며 다가오는 유하성의 모습에 사실 모두가 겁을 먹었다.

소문으로 듣던 것과 직접 보는 것은 아무래도 차이가 있을 수밖에 없었으니까.

하지만 색랑의 부하들도 눈과 머리가 있었다.

지금까지 유하성이 다가오면서 상대한 숫자만 백여 명 가까이 되었다.

그 말은 힘이 어느 정도는 빠질 수밖에 없다는 뜻이었다.

더욱이 그들은 혼자가 아니었다.

"가라!"

거기에 색랑이 부추기자 부대주는 물론이고 부하들이 일

제히 달려들었다.

머릿속으로 제갈령령과 황주연을 생각하면서 말이다.

분명 위험하겠지만 유하성을 쓰러뜨리고 이춘상을 잡으면 포상으로 두 여인을 차지할 수 있었다.

더 나아가면 무림삼화 중 두 명을 품을 수 있었고.

"하나같이 헛물켜는 표정이로군."

뻐억!

다만 문제는 이상과 현실의 괴리였다.

모두가 이상을 꿈꾸지만 안타깝게도 그걸 현실로 구현할 수 있는 이는 얼마 없었다.

유하성은 그걸 친히 이들에게 알려 주었다.

빠각! 뿌득!

달려드는 족족 몸을 분질러 버렸던 것이다.

손에 닿는 부위라면 어디든 가리지 않고 박살 냈다.

"아니, 어떻게……!"

"똑같은 사람 몸뚱이인데……!"

백랑성의 승냥이들답게 색랑의 부하들은 절대 정정당당하게 싸우지 않았다.

온갖 치졸한 방법을 다 동원했다.

유하성이 강하다는 걸 알기에 이길 수 있는 모든 수단을 사용했던 것이다.

그리고 그중에는 강기를 뿌릴 수 있는 고수들도 있었는데 결과는 모두 다 참패였다.

털썩! 철퍼덕!

그 어떤 공격도 유하성은 정면으로 분쇄하며 다가왔다.

검이 날아오면 검을 부러뜨리고, 강기가 쇄도하면 강기를 빠개 버렸다.

"이놈!"

그 결과 오십여 명의 달하는 부하들이 반 각이 채 되기도 전에 전멸했다.

상처 하나 없이 모조리 도륙했던 것이다.

그러나 색랑은 포기하지 않았다.

어차피 유하성을 죽이지 못하면 그가 죽을 것이기에 부하들을 이용해 사각으로 은밀히 이동한 후 검을 찔러 넣었다.

덥석!

"어?"

한데 믿기지 않는 일이 벌어졌다.

완벽하게 사각에서 공격했다고 생각했는데 유하성은 놀라기는커녕 오히려 너무나 여유롭게 몸을 비틀어 그의 검을 붙잡았다.

막거나 튕겨 내는 걸 넘어 강기가 서려 있는 검신을 맨손으로 움켜잡았던 것이다.

부르르르!

물론 그걸 색랑이 가만히 지켜보기만 하지는 않았다.

놀란 건 잠시뿐이고 이내 검을 잡아당겼다.

검을 회수함과 동시에 유하성의 손바닥을 찢어 버릴 기세로 말이다.

하지만 그의 뜻과 달리 검은 아교라도 바른 것처럼 꿈쩍도 하지 않았다.

"이곳에서 네 서열이 가장 높은 거 같은데."

"으으으!"

"뭐, 그건 중요하지 않지만. 네 눈깔, 거슬려."

꾸우욱!

검을 붙잡고 있는 만큼 둘 사이의 거리는 가까웠다.

그러나 유하성은 공격하지 않았다.

마음만 먹으면 지금 당장이라도 오른손으로 색랑을 때려 죽일 수 있었다.

하지만 그러지 않고 대신 검을 쥔 왼손에 힘을 주었다.

꾸드드득!

손아귀에 힘이 들어갈수록 색랑이 일으킨 검강이 불안하게 흔들렸다.

그뿐만 아니라 검신이 찌그러지기 시작했다.

유하성의 악력에 검이 버티질 못하는 것이었다.

덜덜덜!

동시에 색랑의 몸이 사시나무처럼 떨리기 시작했다.

검과 유하성의 손이 접촉해 있기에 싸움이 자연스레 내공

대결로 이어져서였다.

그리고 그 결과는 누가 봐도 명백했다.

색랑은 유하성의 상대가 되지 않았다.

축적된 공력이 부족할뿐더러 운용능력 역시 유하성과 비교하면 보름달 아래 반딧불이 정도였다.

그렇다 보니 시간이 갈수록 색랑의 안색이 푸르죽죽하게 변해 갔다.

'젠장! 제엔장!'

자신의 의지와는 달리 치욕적으로 떨리는 육신에 색랑이 마음속으로 괴성을 질렀다.

그러나 안타깝게도 그 소리는 입 밖으로 나오지 못했다.

마음과 달리 육성조차 그의 뜻대로 되지 않는 것이었다.

"아직도 정신을 못 차렸네. 두 눈에 음심이 가득해."

"커헉!"

유하성의 오른손이 색랑의 목을 움켜잡았다.

마혈을 점혈한 건 아니지만 거의 제압한 것이나 마찬가지였기에 유하성의 손은 누가 봐도 느릿하게 움직였다.

하지만 그럼에도 색랑은 유하성의 손을 피하지 못했다.

자신의 두 눈으로 직접 보고 있었음에도 불구하고 말이다.

휘이익!

그런데 그때 색랑의 오른손이 번개같이 움직였다.

꼼짝도 못 하며 목을 붙잡혔다고는 보기 힘들 정도로 색랑의 움직임은 신속했다.

전광석화처럼 유하성의 머리를 향해 쇄도했던 것이다.

정확하게는 손가락 끝이 유하성의 관자놀이로 파고들었다.

슈웅.

그러나 색랑의 회심의 일격은 너무나 허망하게 실패했다.

목을 내주며 방심을 유도했건만 유하성이 너무나 쉽게 회피해 냈던 것이다.

"이익!"

표정만큼이나 여유롭게 목만 살짝 뒤로 빼서 피해 내는 유하성의 모습에 색랑이 이를 악물었다.

그러고는 재차 오른손을 휘둘렀다.

한 번 실패했다고 이대로 포기할 생각은 없었다.

게다가 내공은 사용하기가 힘들어도 육체는 달랐기에 색랑은 자신이 있었다.

푸욱!

자신의 검이 어깨를 꿰뚫기 전까지는.

지금까지 느릿하게 움직이던 게 거짓말이라는 것처럼 유하성은 벼락같이 왼손을 움직였다.

움켜쥔 색랑의 검을 그대로 그의 어깨에 찍었던 것이다.

"끄아아악!"

순식간에 어깨를 관통해 겨드랑이로 검극이 뚫고 나오자

무당
패왕

색랑이 비명을 질렀다.

머리가 삽시간에 새하얘질 정도로 어마어마한 고통이 엄습해서였다.

하지만 본격적인 고통은 이제부터가 시작이었다.

뚜두둑!

어깨에서 시작된 고통이 가라앉기 무섭게 색랑의 기맥이 갈가리 찢겼다.

유하성이 공력을 이용해 색랑의 혈맥과 기맥을 모조리 끊어 버린 것이었다.

"으허억!"

겉으로 보기에는 멀쩡했으나 색랑의 내부는 말 그대로 만신창이가 되었다.

다시는 내공을 사용할 수 없을 정도로 말이다.

단전 역시 파괴되었기에 색랑은 칠공에서 피를 흘리며 비참하게 바닥으로 쓰러졌다.

"그놈, 완전 쓰레기야. 대막에서 색랑이라 불리는 놈인데 그놈에게 인생을 망친 아녀자가 수백 명이 넘어. 밝혀진 것만 수백 명이지 밝혀지지 않은 것까지 합치면 천 명이 넘을 거야."

"그래서 남궁 소저와 서문 소저에게 음심을 품었구만."

"맞아. 아주 유명한 색마지. 게다가 실력도 상당하고. 백랑성에서 랑(狼)의 칭호를 받을 정도니까. 물론 여자 뒤꽁무

니만 쫓아다녀서 서열은 그리 높지 않지만."

유하성의 곁으로 이춘상이 다가왔다.

어느새 주변 정리를 싹 다 한 것이었다.

"여기에 온 녀석들 대부분이 같은 생각일 거야."

"눈빛이 아주 하나같이 추잡했지."

함께 온 현광의 말에 이춘상이 고개를 주억거렸다.

여자가 아님에도 소름이 돋을 정도였다.

아니, 남자기에 더더욱 확실하게 느낄 수 있었다.

백랑성의 무리들이 뿜어 대는 욕망이 얼마나 크고 끈적끈
적한지 말이다.

"이런 녀석들이 늑대라니. 이건 늑대를 모욕하는 짓이야."

"응? 그게 무슨 말이야?"

"늑대 수컷이 얼마나 지고지순한데. 평생 하나의 암컷하
고만 지내는 게 늑대야."

"그래?"

서서히 숨이 멎어 가는 색랑을 내려다보던 이춘상이 고개
를 갸웃거렸다.

이런 이야기는 처음 들어서였다.

"나도 들은 적 있어. 그렇다고 하더라고. 근데 도와주러
가야 하는 거 아냐? 아직 전투가 안 끝난 거 같은데."

유하성이 주변을 두리번거렸다.

이곳의 상황은 정리가 되었지만 다른 곳은 아니었다.

여전히 비명 소리와 폭음이 사방에서 들려오고 있었기에 유하성은 현광에게 물었다.

"도와주게?"

"못 도와줄 것도 없지. 네가 직접 와 주기까지 했는데."

"나는 당연히 와야지. 내 손님들인데."

현광이 단호하게 말했다.

오히려 그는 유하성 일행에게 미안했다.

공격을 당했음에도 정작 지원이라고는 그 혼자밖에 없어서였다.

"그게 고마운 거야. 다른 사람도 아니고 대제자가 와 준 거니까. 그러니 우리도 갚아야지. 안 그래?"

"물론이지. 난 시끄러운 건 질색이거든."

이춘상이 맞장구를 쳤다.

그런데 그 말에 모두가 실소를 흘렸다.

가장 말이 많은 이춘상이 시끄러운 걸 싫어한다고 하자 이 율배반적으로 느껴져서였다.

"일단 가장 시끄러운 곳부터 가자고. 큰 전투부터 정리해 야 나머지가 쉬울 테니까."

"고맙다."

"고맙긴. 서로 돕고 사는 거지."

현광의 말에 유하성은 씨익 웃으며 땅을 박찼다.

그런 그의 뒤로 일행이 뒤따랐다.

가장 안전한 곳이 유하성이 있는 곳이라 생각했기에 모두가 함께 이동하는 것이었다.

곳곳에서 울려 퍼지는 비명에 천강의 표정이 흉신악살처럼 일그러졌다.

"크아악!"
"커헉!"
곳곳에서 울려 퍼지는 비명에 천강의 표정이 흉신악살처럼 일그러졌다.

대부분이 적들의 비명 소리였으나 중간중간 화산파 제자들의 목소리도 있어서였다.

특히 기습 초반에 죽은 제자들의 숫자가 상당했기에 천강은 무시무시한 안광을 토해 내며 살수를 뿌렸다.

눈에 보이는 적들을 전부 다 쓸어버렸던 것이다.

"같이 죽자!"
"다 함께 저승에 가는 거다!"
그런 그를 향해 폭혈단을 먹은 이들이 달려들었다.

자신의 수준으로는 천강의 몸에 손가락 하나 댈 수 없다는 걸 알기에 망설이지 않고 목숨을 내던지는 것이었다.

물론 폭사한다고 해서 화산무제라 불리는 천강에게 치명적인 상처를 입힐 수 있을 거라 생각하지는 않았다.

하지만 혼자가 아니라 열 명이, 스무 명이 연달아 폭사한

무당
패왕

다면 또 몰랐다.

콰콰콰쾅!

전쟁에서 패배한 후 흑점이 당한 수모는 이루 말할 수가 없을 정도였다.

또한 화산파 무인들에게 죽은 동료, 형제 들의 숫자도 어마어마했다.

그렇다 보니 흑점의 무인들은 자살공격을 망설이지 않았다.

"죽어라!"

게다가 이번 기습에는 귀단문의 무인들도 함께하고 있었다.

폭혈단뿐만 아니라 폭정단 역시 있었기에 상대가 천강과 화산파의 장로들이라고 해도 기세는 밀리지 않았다.

여기에 백랑성의 무인들도 있었고 말이다.

"크윽!"

"정말 끝도 없이 달려드는군!"

천강과 함께 싸우던 장로들이 질린 표정을 지었다.

기습도 기습이지만 숫자가 너무 많았다.

이 많은 이들이 어떻게 이곳까지 들키지 않고 올라왔는지 의문이 들 정도로 말이다.

"떠들 힘이 있으면 한 명이라도 더 죽여! 이대제자들 죽어가는 거 안 보여!"

"나도 알고 있다고!"

동기의 외침에 장로 중 한 명이 이를 악물고서 검을 휘둘렀다.

굳이 말하지 않아도 그의 눈에도 보였다.

적들과 싸우며 피를 흘리는 이대제자들의 모습이 말이다.

예상치 못한 기습에 완전히 허를 찔렸기에 피해가 너무나 컸다.

꽈아아앙!

한데 그때 경내에 거친 폭발음이 들렸다.

동시에 허공으로 열댓 명의 적들이 솟구쳤다.

폭발로 인해 튕겨져 날아간 것이었다.

'지원군인가?'

화산파의 제자가 단 한 명도 포함되어 있지 않다는 걸 확인한 장로가 반색했다.

적들을 공격했다면 아군일 가능성이 커서였다.

"네들 이게 뭔 줄 아니?"

"응?"

짙은 연기 사이로 장난기 가득한 목소리가 들려왔다.

전장과는 전혀 어울리지 않는 음성에 장로는 물론이고 최전방에서 적들을 쓸어버리던 천강도 어리둥절한 표정으로 고개를 돌렸다.

잠시 후 먼지구름이 가라앉으며 낡디낡은 누더기를 입은

거지 한 명이 히죽 웃으며 모습을 드러냈다.

손에는 자그마한 목함을 든 채로 말이다.

흠칫!

그런데 그 목함을 본 흑점과 귀단문의 무인들이 움찔거렸다.

거지가 들고 있는 물건이 무엇인지 한눈에 알아본 것이었다.

"뭐야?"

"왜들 그러는 거야?"

"저게 뭔데?"

방금 전까지 살기등등하게 달려들었던 것과 달리 쭈뼛거리는 흑점도와 귀단문도들의 모습에 백랑성의 무인들이 당혹스러운 표정을 지었다.

두 무리의 기세가 방금 전과 달라도 너무 달라서였다.

그리고 흑점과 귀단문의 무인들이 그럴수록 이춘상의 미소는 더욱더 짙어져 갔다.

"그건 언제 챙겼데?"

"늘 품에 가지고 다닌다. 언제 필요할지 모르니까. 지금만 해도 봐 봐. 애들 바짝 얼었잖아."

먼지구름을 가르며 유하성이 모습을 드러냈다.

그 뒤로 현광과 원상, 원호, 제갈령령, 남궁희수, 황주연, 서문예지, 원경, 이소향, 황주성 등등이 차례대로 나타났다.

그러나 모두의 시선은 이춘상에게서 떨어지지 않았다.

정확하게는 그의 손에 들려 있는 목함에 말이다.

"사실 저도 가지고 있어요. 만약의 사태에 대비해서요."

"나도."

"응?"

이번에는 이춘상이 놀랐다.

제갈령령과 황주연도 가지고 있을 줄은 몰라서였다.

하지만 가장 놀란 건 누가 뭐래도 흑점과 귀단문의 무인들이었다.

갑자기 유하성 일행이 나타난 것도 놀라운데 위험하기 짝이 없는 물건을 세 개나 가지고 있자 모두의 눈이 화등잔만하게 커졌다.

"대체 저게 뭔데 그러는 거야?"

"말 좀 하라고!"

반면에 저 물건에 대해서 전혀 모르는 백랑성의 무인들은 답답함을 호소했다.

죽은 색랑과 마찬가지로 랑(狼)의 칭호를 가지고 있는 이들도 두 눈 가득 의문을 떠올렸다.

"······그게 남아 있었나?"

"물론이지. 심지어 물량도 꽤 돼. 넉넉한 건 아니지만 그렇다고 아예 없는 건 아니지."

"그럴 리가 없다. 남아 있어도 이 자리에 세 개나 있을 가능성은 희박해."

흑점 소속으로 보이는 중년인이 단호하게 고개를 저었다.

그가 알기로 저 물건은 더 이상 만들어지지 않고 있었다.

물론 중원수호맹에 흘러간 게 있는 건 알았다.

그러나 그중에 세 개가 이곳에 있는 건 말이 되지 않았다.

"희박하지만 불가능한 것도 아니지. 정 뭣하면 확인해 줄 수도 있고. 근데 그 대가는 내가 굳이 말 안 해도 알지?"

"사기 치지 마라."

"글쎄. 사기일지 아닐지는 직접 겪어 보면 알겠지?"

스윽.

이춘상이 얄밉게 웃으며 목함을 위아래로 크게 흔들었다.

그러자 수십 쌍의 눈이 부르르 떨렸다.

특히 흑점과 귀단문 소속의 무인들이 말이다.

"가짜 가지고 잘도 농락하는군."

"왜 가짜라고 생각하는지 모르겠네."

"허장성세를 부리는 걸, 모를 줄 알았더냐?"

"그럼 받아 봐. 난 언제라도 던질 준비가 되어 있어. 아, 물론 너희들이 받을 수 없게 던질 거야. 내가 또 그 꼴은 못 보지."

이춘상이 씨익 웃었다.

중년인이 무슨 생각을 하는지 그는 알고 있어서였다.

도발해서 역으로 얻어 내려고 하는.

과거 그와 유하성이 자주 써먹었던 방법이기에 이춘상은 귀신같이 중년인의 속셈을 알아차렸다.

"으음!"

"어디 보자. 어디가 적당하려나. 아무래도 이거에 대해 잘 모르는 녀석들에게 던져야 효과가 확실하겠지?"

"피해!"

속셈을 간파당했던 중년인이 소리쳤다.

이춘상이 목함에 고이 담겨 있던 검은 구슬을 꺼내 손에 쥐고는 백랑성의 무인들을 쳐다봐서였다.

마치 당장이라도 던질 것처럼 자세를 잡는 모습에 중년인은 다급하게 소리쳤다.

하지만 그의 경고에도 불구하고 움직이는 이들은 없었다.

"아깝긴 하지만 전황을 뒤집기에 이것보다 좋은 건 없지. 사용 허락도 받았고."

"피하라고, 이 멍청이들아!"

이춘상이 히죽 웃으며 손에 쥐고 있던 진천뢰를 던졌다.

물론 내공을 가득 담아서 말이다.

날아오는 걸 받아 낼 수도 있기에 이춘상은 그 가능성을 원천봉쇄하며 있는 힘껏 던졌다.

쌔애애액!

이춘상의 강기를 머금은 진천뢰가 섬광처럼 허공을 관통했다.

武當霸王
무당
패왕

그러고는 정확히 그가 원하는 위치에서 폭발했다.

　꽈아아앙!

　오랜만에 모습을 드러낸 만큼 진천뢰는 확실하게 자신의 존재감을 증명했다.

　무지막지한 위력을 선보이며 백랑성의 무인 수십 명을 갈가리 찢어 버렸던 것이다.

　"무, 무슨!"

　"저런 게 있다면 진즉에 말했어야지!"

　"병신들아! 계속 말했잖아! 피하라고!"

　멀뚱히 서 있다가 당한 동료들의 모습에 백랑성의 무인들이 흥분했다.

　처참하게 찢겨 죽은 모습에 대로한 것이었다.

　그러나 흑점과 귀단문 측에서도 할 말이 있었다.

　계속 피하라고 했는데도 가만히 서 있던 건 백랑성의 무인들이었다.

　"자자, 그만들 싸우고 여기를 좀 봐."

　"허어……!"

　"미친!"

　조금 전까지 함께 싸웠던 게 거짓말이었던 것처럼 서로를 향해 살기를 드러내던 세 무리가 이춘상의 목소리에 고개를 돌렸다.

　그러곤 하나같이 입을 쩍 벌렸다.

누더기로 된 상의를 펼치자 그 안에 목함이 무려 네 개나 걸려 있어서였다.

심지어 이춘상은 친절하게 옷에 걸려 있는 목함을 일일이 열어서 보여 주기까지 했다.

"자, 이번에는 어떤 걸 던져 줄까? 말만 해. 원하는 걸로 던져 줄 테니. 말하기 쉽게 번호도 붙여 줄게. 여기부터 일 번이야."

꿀꺽!

나이에 어울리지 않게 천진난만한 표정으로 이춘상이 말했다.

그러나 밝은 이춘상의 목소리와는 다르게 장내의 분위기는 무겁게 가라앉았다.

심지어 가짜라고 소리쳤던 중년인도 마른침을 삼켰다.

진짜를 봤기에 의심은 할 수 있을지언정 확신은 할 수 없어서였다.

'옥만개의 것은 몰라도 금와장과 제갈세가는 진짜일 가능성이 높다.'

중년인의 동공이 크게 흔들렸다.

금와장과 제갈세가가 벽력문에 관심이 지대했다는 사실은 모두가 알고 있었다.

특히 상가이기에 상대적으로 무력이 부족한 금와장이 벽력문의 기술자들을 몰래 흡수했다는 사실은 더 이상 비밀이 아니었다.

그런 만큼 황주연이 들고 있는 건 진품일 가능성이 높았
다.

"뭐야? 한번 봤다고 관심이 식었나? 이러면 안 되는데. 난
아직 던질 게 많은데 말이지."

무거운 긴장감이 장내를 짓누르는 것과 달리 이춘상의 목
소리는 여전히 밝았다.

그리고 실망이 가득 담겨 있었다.

마치 장난감을 제대로 가지고 놀지 못하는 것처럼 말이다.

그래서 중년인을 비롯한 습격자들은 이춘상이 너무나 얄
미웠다.

"아니면 다들 쫀 건가? 응? 그런 거야? 아까 전의 기세 좋
던 이들은 어디 갔어? 대막의 지배자라 불리는 이들이 백랑
성의 늑대들 아닌가?"

거기에 더해 이춘상은 도발을 서슴지 않았다.

대놓고 자존심을 건드리면서 말이다.

그 도발이 먹힌 듯 몇몇 이들이 송곳니를 드러냈다.

당장이라도 달려들 것처럼 몸을 움찔거렸으나 막상 진짜
움직인 이들은 없었다.

"허어. 사막을 종횡무진하는 거친 늑대들답지 않은데?"

두 눈빛은 이춘상을 씹어 먹을 듯했으나 정작 달려드는 이
는 없었다.

그리고 그 이유를 이춘상은 너무나 잘 알고 있었다.

진천뢰가 없어도 상대하기가 까다로운데 진천뢰를 무려 네 개나 가지고 있으니 다들 섣불리 달려들지 못하는 것이었다.

승리를 원하지만 사람 마음이라는 게 이기적이었다.

본인이 다치지 않고서 이기길 원했기에 모두가 서로의 눈치만 봤다.

누군가가 앞장서 주길 바라면서 말이다.

서걱.

그런데 그때 섬뜩한 파육음이 들려왔다.

후방에서 날카로운 무언가에 의해 살이 잘려 나가는 소리가 들렸던 것이다.

그 소리에 흑점과 귀단문, 백랑성의 무인들은 동시다발적으로 고개를 돌렸다.

스극. 슥.

"어느 틈에……!"

"공격해!"

은밀하게 후미로 다가와 동료들을 도륙하는 남궁세가와 제갈세가의 무인에 수뇌부라 할 수 있는 이들이 다급하게 지시를 내렸다.

역으로 당한 기습에 하나같이 당황한 것이었다.

그리고 그럴수록 이춘상의 미소는 짙어졌다.

이 모든 판을 짠 게 바로 그였기 때문이다.

"우리도 가자고."

"그래."

거기에 현광이 합세했다.

혹시라도 유하성이 타 문파의 일에 관여하는 걸 우려할까 싶어 현광은 먼저 부탁했다.

유하성과 일행이 자연스럽게 참전할 수 있도록 말이다.

콰앙!

유하성과 현광이 본격적으로 움직이자 전황이 단번에 뒤집어졌다.

갑작스러운 역습에 정신을 차리기도 전에 고수라 할 수 있는 두 사람이 휘몰아치니 흑점과 귀단문, 백랑성 할 거 없이 전부 다 속절없이 밀려났다.

특히 유하성은 가장 강력한 기파를 흩뿌리는 이들부터 노렸다.

금적금왕이라는 말처럼 우두머리부터 제거하고자 했다.

"차합!"

그런데 그걸 백랑성의 무인들도 피하지 않았다.

오히려 유하성의 위명을 화산에 오는 내내 들었기에 다들 두 눈에 호승심이 가득했다.

유하성을 쓰러뜨리고 천하에 이름을 알리고자 하는 욕망이 가득 담겨 있었던 것이다.

하지만 그 뜻을 이루는 이는 안타깝게도 아직 없었다.

뻐엉!

만용의 대가는 죽음이었다.

호기롭게 달려들던 이들도 유하성의 일격을 감당하지 못했다.

마음먹고 펼치는 십단금에 온몸의 뼈가 바스러지며 허물어졌다.

간혹 견뎌 내는 이가 있기는 했으나 딱 거기까지였다.

"끄으윽!"

가만히 놔둬도 결국에는 죽을 것이기에 유하성은 스쳐 지나갔다.

아직 적들이 많았기에 미련 없이 장소를 이동했던 것이다.

푸욱!

대신 그 뒤처리를 원상이 맡았다.

원호야 전방에서 날뛰는 걸 좋아하지만 그는 그렇지 않았다.

사방에서 날뛸 인원은 충분했기에 원상은 다른 이들이 미처 발견하지 못하고 놓치고 간 이들을 확실하게 처리했다.

자부심 가득한 표정으로 유하성을 힐끔거리면서 말이다.

"대, 대단하다!"

한편 누나와 함께 호위무사들에게 보호를 받으며 전장을 지켜보던 황주성은 연신 감탄했다.

武當霸王
무당
패왕

분명 위험하기 짝이 없는 상황이었는데 이상하게도 황주성은 전혀 긴장이 되지 않았다.

금와장의 호위무사들뿐만 아니라 서문세가의 호위 병력들도 있었을뿐더러 원경 역시 이소향을 지키며 같이 있었다.

게다가 대부분의 적들을 유하성과 이춘상, 현광이 무자비하게 쓸어버리는 중이었기에 이곳까지 달려드는 이들이 없었다.

"그치?"

"진짜 패왕이셔!"

하지만 그중에 황주성의 시선을 휘어잡는 건 역시나 유하성이었다.

동갑내기 친구들인 이춘상과 현광 역시 엄청난 활약을 보이고 있었다.

그러나 유하성에 비할 바는 아니었다.

이춘상처럼 시끄럽지도, 현광처럼 화려하지도 않은데 이상하게 유하성의 움직임은 시선을 끌었다.

"대단하시지."

"동년배 중에서는 저기 두 분 정도만 비벼 볼 수 있는 수준이니까."

"진짜 호쾌한 거 같아."

황주연이 마치 자기가 정리하는 것처럼 의기양양하게 대답했다.

그러자 남궁희수와 서문예지가 고개를 주억거렸다.

"사실 두 분도 대단한 실력자이신데…….."

"유 공자님 때문이 빛이 바래는 감이 없지 않아 있지."

제갈령령의 중얼거림을 황주연이 받았다.

그녀도 같은 생각이어서였다.

한편 세 사람이 마음먹고 날뛰자 전장은 빠르게 정리되었다.

천하십대고수에 꼽히는 유하성과 그보다는 못하지만 차대 천하십대고수가 유력한 이춘상과 현광의 활약에 적들은 속수무책으로 쓰러졌다.

폭정단과 폭혈단을 이용해 동귀어진이라도 하려 했으나 이미 몇 번이고 사용한 수법에 또다시 당할 정도로 세 사람은 어리석지 않았다.

퍼엉! 펑!

오히려 셋은 영리하게 적들의 동귀어진 수법을 이용했다.

유하성이 그랬던 것처럼 폭사를 원천봉쇄하거나 혹은 폭사를 이용해 적들을 날려 버렸다.

이이제이라는 말처럼 폭혈단의 힘을 이용해서 적을 쓰러뜨렸던 것이다.

"이놈!"

그 모습에 거대한 참마도를 든 장년인이 노호성을 터트리며 유하성에게 달려들었다.

추풍낙엽처럼 쓰러지는 부하들의 모습에 백랑성에서 당당히 서열 구십 위를 차지하고 있는 광랑(狂狼)이 모습을 드러냈다.

"크아아아!"

"다 죽여!"

그 뒤로 광랑대라 불리는 대원들이 일제히 모습을 드러냈다.

근처에서 싸우고 있던 이들이 지원요청을 받아 달려온 것이었다.

전부 피투성이였는데 그럼에도 광랑대의 기세는 굉장했다.

미친 늑대들이라는 부대명처럼 광랑대는 섬뜩한 광기를 여지없이 드러내며 달려들었다.

"네놈은 내가 죽여 주마!"

대원들과 마찬가지로 온몸이 상처투성이였음에도 광랑의 기세는 조금도 흔들리지 않았다.

오히려 피를 봐서 그런지 더욱 광기를 드러내며 유하성에게 쇄도했다.

단숨에 정수리부터 사타구니까지 양단하겠다는 듯이 말이다.

하지만 안타깝게도 그의 뜻은 이루어지지 않았다.

쿠웅!

유하성이 미끄러지듯이 옆으로 움직여서였다.

정말 종이 한 장 차이로 광랑의 공격을 피해 낸 유하성은 좌장을 내질렀다.

그러나 강하게 밀어 치지는 않았다.

그저 톡 건드리기만 했다.

쩌저적!

그런데 그로 인한 결과는 놀라웠다.

장난치듯 손바닥이 닿은 것뿐인데 거대한 참마도에 수백 개의 잔금이 갔던 것이다.

심지어 그냥 참마도도 아니고 광랑의 진기를 가득 머금고 있는 상태였다.

그런데도 유하성은 참마도뿐만 아니라 도강마저도 깨뜨려 버렸다.

울컥!

그리고 그 여파는 곧장 광랑의 육신에도 드러났다.

식도를 타고 올라오는 핏물을 가까스로 삼켰으나 입술 사이로 새어 나오는 걸 막을 수는 없었다.

게다가 반동으로 인한 충격 역시 어마어마했다.

'어, 어떻게 고작 일격에……!'

광기로 가득 찼던 광랑의 동공에 두려움이 떠올랐다.

단 한 번의 충돌이었지만 광랑은 알 수 있었다.

자신과는 감히 비교도 할 수 없는 경지에 유하성이 올라

있음을 말이다.

동시에 어째서 유하성이 공석이 된 천하십대고수에 가장 먼저 이름이 오르내리는지도 깨달았다.

"넌 알고 있는 게 많을 것 같군."

"주, 죽여라! 구차하게 목숨을 연명하고 싶지 않다!"

"그건 네 생각이고."

무인으로서의 자긍심을 운운했지만 유하성은 단칼에 무시했다.

정말 자긍심이 있는 무인이었다면 비겁하게 야밤에 습격하지는 않았을 것이었다.

또한 이렇게 단체로 쳐들어오지도 않았을 테고.

"히이익!"

비록 백랑성에서는 하위서열이라 할 수 있는 광랑이었으나 기습대 중에서는 손꼽히는 강자였다.

무위도 무위지만 두려움 자체가 없는 미치광이였기에 상대하기가 더욱 까다로운 게 광랑이었는데 그런 광랑이 너무나 손쉽게 제압되자 백랑성의 무인들이 뿔뿔이 흩어지기 시작했다.

이미 승기가 기울었는데 굳이 사지에 달려들 필요는 없다고 생각한 것이었다.

"멈춰라! 아직 전투는 끝나지 않았다!"

"약속을……!"

본진은 오고 있는 중이었기에 백랑성의 무인들은 후일을 기약했다.

그러나 흑점과 귀단문의 생각은 달랐다.

본진이 오기 전 어떻게든 이곳의 전력을 줄여야 다음 전투에서 승리할 가능성이 높았다.

특히 천강과 현광, 유하성과 이춘상을 쓰러뜨린다면 오늘의 기습작전은 대성공이나 다름없었기에 악을 쓰며 소리쳤다.

스스슥!

하지만 설득과 부탁에도 백랑성 무인들의 도주를 막을 수는 없었다.

두 집단과는 생각하는 게 달라서였다.

또한 백랑성의 무인들에게는 간절함이 없었다.

같은 소속이라고 해도 동료애나 전우애는 없었기에 망설이지 않고 도망쳤다.

"빌어먹을!"

"쫄보 새끼들!"

뒤도 돌아보지 않고 도주하는 백랑성 무리들을 향해 귀단문도들과 흑점의 무인들이 욕을 쏟아부었다.

그러나 반응하는 이는 아무도 없었다.

대답할 틈에 한 걸음이라도 더 도망치는 게 이득이어서였다.

"이렇게 된 이상 전부 다 이곳에 묻히는 거다!"

"모두 폭사……!"

기울기 시작했던 승기가 완전히 화산파 쪽으로 넘어가자 흑점의 무인들은 결단을 내렸다.

이대로 무기력하게 죽느니 다 같이 죽는 쪽을 선택했던 것이다.

폭혈단은 위력의 한계가 있어 절대고수에게 통하지 않았지만 방법이 아예 없는 건 아니었다.

거대한 자연 앞에 인간은 한낱 미물일 뿐이었다.

"어림없는 짓."

산사태를 일으켜 화산파를 아예 묻어 버릴 작정으로 흑점과 귀단문의 무인들이 폭혈단을 입에 집어넣으며 몸을 날렸다.

이왕 죽을 거 다 같이 저승으로 데려갈 속셈이었다.

하지만 안타깝게도 최후의 방법 역시 무산되었다.

퍼퍼퍼펑!

천강과 장로들이 한발 앞서 그들을 도륙했던 것이다.

거기다 다른 곳의 전투가 마무리되었는지 화산파의 제자들이 속속 합류했기에 계획은 시작도 하지 못하고 끝을 맺었다.

"으음!"

그러나 전투에서 승리했음에도 분위기는 한없이 무거웠

다.

이번 전투로 인해 죽은 이들 때문이었다.

개중에는 이제 막 화산파의 제자가 된 어린아이들도 있었기에 천강은 연신 한숨을 쉬며 두 눈을 감았다.

-우리는 이만 돌아가자. 여기 있을 분위기가 아냐.

-그래.

누구 하나 울지는 않았으나 유하성은 느낄 수 있었다.

이 자리에 있는 모든 이들이 마음속으로 울고 있다는 사실을 말이다.

그렇기에 이춘상의 전음에 대답하며 일행을 이끌고 숙소로 돌아갔다.

날이 밝았음에도 침울한 분위기는 달라지지 않았다.

오히려 더욱 무거워진 분위기에 장난기 많은 이춘상조차도 입을 굳게 다물고 있었다.

그러던 와중에 현광이 찾아왔다.

"도와줘서 고맙다. 사부님께서도 이 말을 꼭 전해 달라고 하셨어."

"고마울 것까지야. 당연한 거지."

"그래도 고마운 건 고마운 거지. 선뜻 나서 주었으니까."

현광이 피곤한 얼굴로 대답했다.

표정을 보아하니 밤새 한숨도 못 잔 듯했다.

"정리는 다 된 거야?"

"얼추. 근데 생각보다 피해가 커."

"누구도 예상하지 못한 기습이었으니까."

"이런 식으로 나올 줄은 몰랐어."

깊은 한숨을 내쉬며 현광은 고개를 숙였다.

이렇게 허를 찔릴 줄은 정말 꿈에도 예상하지 못했기에 충격이 더더욱 컸다.

더불어 가슴속에서 분노가 활화산처럼 폭발했다.

죽은 어린 제자들의 모습에 천불이 났다.

"……미안하다. 우리가 먼저 알아차렸어야 했는데."

"무슨 소리야? 화산의 일을 개방이 어떻게 먼저 알아? 혹 그렇다면 우리가 무능력한 거지. 막말로 작당하고 숨어드는데 어떻게 알겠어?"

"그래도 수상한 이들이 이동하는 것 정도는 파악했어야 했는데 그러질 못했으니까."

이춘상이 고개를 숙였다.

차마 현광을 마주 볼 엄두가 나지 않아서였다.

물론 현광의 말도 맞았다.

화산 주위에서 일어난 일들은 누구보다 화산파가 잘 알 터였다.

하지만 문제는 화산 근처까지 이만한 인원이 오는 걸 개방이 파악하지 못했다는 것이었다.

한두 명도 아니고 이춘상이 파악한 바에 의하면 삼백 명이 훌쩍 넘었다.

"소수로 흩어져서 이동하면 그걸 어떻게 알아? 말을 탄 것도 아니고. 마음먹고 사람들의 시선을 피해서 움직이면 제아무리 개방이라도 전부 다 파악하는 건 불가능하지. 삼백 명이 다 같이 움직이면 또 모를까. 근데 그게 아니었잖아. 소수로 은밀히 움직이는데 개방이라도 한계가 있지. 이건 사부님도, 장로님들도 같은 생각이야. 절대 너나 개방을 탓하지 않아. 오히려 다들 고마워한다니까."

"후우. 그리 말해 주니 고맙네."

진심이 담긴 현광의 말에도 이춘상은 쓸쓸한 표정을 지우지 못했다.

만약 기습이 있기 전에 적들의 위치를 파악했다면 피해를 확연히 줄일 수 있었을 것이기에 이춘상은 이렇게 말해 줘도 고개를 들지 못했다.

"개방뿐만 아니라 모두가 허를 찔렸어. 기습조를 보낼 줄은 몰랐으니까."

"기습조라고 하기에는 인원이 꽤 많지만 말이지. 아마 하오문이 도와주었을 거야. 그게 아니면 말이 되지 않아."

현광의 두 눈이 서늘해졌다.

흑점의 역량도 상당하지만 아무래도 이런 쪽의 일은 하오
문이 더 제격이었다.

더욱이 개방의 시선을 피해 이만한 인원을 들키지 않고 움
직이기에는 말이다.

"나 역시 같은 생각이야."

"이번 일이 정리되면 진짜 모조리 쓸어버릴 거야. 예외는
없어."

백도무림은 이미 한 번의 아량을 하오문에 베풀었었다.

전쟁을 일으켰던 수뇌부와 지금의 수뇌부는 완전히 다르
다고 말이다.

하지만 이제는 그 말을 믿을 수 없었다.

"맞아. 이제는 변명의 여지가 없지."

거기에 유하성도 동조했다.

대부분이 점조직으로 이루어진 하오문은 문도들을 파악하
기가 쉽지 않았다.

정식문도와 일반 양민의 경계가 모호해서였다.

굳이 따지고 보면 연관이 아예 없는 건 아니었으나 그렇다
고 정식문도라고 하기에는 애매한 이들이 많았다.

"자업자득이야. 아니라면 그걸 증명해야 하고. 근데 이제
는 우리가 믿을 수 없지."

"그렇지."

이춘상의 말에 현광이 맞장구를 쳤다.

이제는 그 어떤 말을 해도 믿지 않을 것이었다.

아니, 믿을 수가 없었다.

"앞으로 어떻게 하기로 했어? 일단 수습이 먼저겠지만 그래도 어느 정도는 방향이 정해졌을 것 같은데."

"위령제는 모든 것을 정리한 후에 하기로 했어. 복수한 후에 하는 게 더 나을 것 같아서."

"그게 좋긴 하지."

"그리고 전장은 우리가 직접 정하려고 해. 굳이 화산에서 싸울 필요는 없으니까. 지금 오고 있는 녀석들이 진짜 백랑성의 주력인지도 의심스럽고."

현재 화산파는 아무것도 믿을 수 없는 상태였다.

그렇기에 모든 걸 다시 확인하고 있었다.

불의의 일격을 당한 만큼 모든 걸 처음부터 다시 확인하는 것이었다.

"화산에서 싸우면 지리적으로 유리한 건 사실이지만 반대로 전투로 인한 피해 역시 상당하니."

"거기다 마지막 발악을 보고 나나 사부님이나 느낀 게 커. 만약 제때 폭사를 막지 못했다면 많은 이들이 생매장을 당했을 거야."

상상만 해도 아찔하다는 듯이 현광이 고개를 저었다.

그리고 그건 유하성도 마찬가지였다.

혼자라면 어찌어찌 살아남을 자신이 있으나 현재 이곳에

는 제자인 이소향이 있었다.

"우선 주변은 걱정하지 마. 우리도 다시 샅샅이 주변을 수색하고 있으니까. 분명 우리의 움직임을 확인하는 놈들이 있을 거야. 애초에 대놓고 행적을 드러내며 남하하는 것도 본방의 시선을 끌기 위함이었을 테고."

"나도 그렇게 생각해."

"장소가 화산이 아니라면 문제는 지원 병력이겠네. 얼마나 모일지가 관건이겠어."

이춘상과 현광의 대화를 들으며 유하성이 턱을 쓰다듬었다.

섬서성으로 백랑성이 내려오고 있었으나 백도무림은 힘을 하나로 합칠 수 없었다.

서장에서 혈뇌음사가 사천성으로 향하고 있어서였다.

그래서 백도무림도 마찬가지로 전력을 둘로 나눌 수밖에 없었다.

"일단 종남파는 오늘 도착할 듯하고 제갈세가와 무당파, 남궁세가, 하북팽가가 오는 중이야."

"참, 종남파는 별일 없대? 화산파를 노린 놈들이 종남파라고 해서 공격을 못 할 것 같지는 않은데."

"안 그래도 전서응을 날려 봤는데 다행히 습격은 없었다고 해. 이것도 반나절 전의 소식이지만 일단은."

유하성은 혹시나 하고 물었다.

가능성은 희박하지만 허를 찌른 만큼 화산파와 종남파를 동시에 노렸을 수도 있다고 생각해서였다.

게다가 전쟁에서 패배했음에도 불구하고 하오문과 흑점의 동원력이 생각보다 높았기에 가능성은 충분히 있었다.

"나도 알아봤는데 아직까지 별다른 기미는 안 보여. 지난밤의 일도 있어서 개방도 현재 비상사태거든. 이건 자존심이 걸려 있는 문제라."

"우리 쪽도 집결하면 해볼 만할 것 같은데."

"충분히. 성주를 제외한 백랑성의 상위 열 명이 낭왕(狼王)이라 불리는데 대막에서는 이 열 명이 중원의 천하십대고수보다 강하다고 주장하거든."

"그래?"

이런 말은 처음이었기에 유하성이 살짝 놀란 표정을 지었다.

그리고 그건 옆에 있던 현광 역시 마찬가지였다.

아무래도 대막에 대해서는 대략적인 것만 알고 있었기에 이렇게 상세하게는 몰랐다.

"너도 못 들었어?"

"어. 알다시피 내가 폐관수련을 오래 했잖아."

"아, 그럴 수 있겠다."

이춘상은 이내 납득했다.

대외활동을 거의 하지 않아 오죽했으면 그의 얼굴을 아는 이들이 화산파 내에서도 얼마 없을 정도였다.

그러니 대막의 정황에 대해서 모르는 것도 이해가 갔다.

"네 판단은 어때? 너 의외로 이런 거에 관심이 많잖아?"

"나뿐일까? 무인들은 다 이런 거에 관심이 많지. 오죽하면 순위를 매기겠어?"

"그렇지. 그래서 판단은?"

"대막을 호령하는 고수들인 만큼, 백랑성에서도 정점이라 할 수 있으니 분명 강하긴 할 거야. 하지만 글쎄. 천하십대고수에 비교하는 건 좀 그렇지. 괜히 천하십대고수라 불리는 게 아니니까."

이춘상이 의미심장한 표정을 지었다.

보통 천하십대고수라 하면 중원뿐만 아니라 새외무림까지 포함이었다.

물론 새외무림의 무인들은 그걸 인정하지 않지만 역사가 말해 주었다.

천하십대고수가 괜히 천하십대고수라 불리는 게 아니었다.

다음 권으로 이어집니다

꿈의 도약, 로크에서 하십시오
(주)로크미디어에서 신인 작가를 모십니다

즐거운 세상, 로크미디어는 꿈을 사랑하고 도전을 두려워하지 않는 작가 분들의 참신한 작품을 기다리고 있습니다. 21세기 장르 문학계를 이끌어 갈 차세대 선두 주자 (주)로크미디어에서 여러분의 나래를 활짝 펴 보시길 바랍니다.

모집 분야 판타지와 무협을 포함한 장르 문학
모집 대상 아마추어 작가, 인터넷 작가
모집 기한 수시 모집
    작품 접수 시 유의 사항
      1. 파일명은 작가명_작품명.hwp형식을 갖춰 주십시오.
      1. 파일에 들어갈 내용은 다음과 같습니다.
        — 성명(필명인 경우 실명을 밝혀 주세요), 연락처, 이메일 주소
        — 제목, 기획 의도
        — A4용지 1장 분량의 등장인물 소개
        — A4용지 2장 분량의 전체 줄거리
        — 본문
      1. 작품이 인터넷에 연재되고 있다면, 게시판명과 사이트의 구체적이고 정확한 주소를 기재해 주십시오.

선택된 작품은 정식 계약 후 출판물로 간행되어 전국 서점에 유통됩니다.
작가 분은 (주)로크미디어의 전폭적인 지원하에 전속 작가로 활동하시게 됩니다.
※ 자세한 내용은 로크미디어 홈페이지(rokmedia.com)를 참조하세요.

(04167)서울시 마포구 마포대로 45 일진빌딩 6층
(주)로크미디어 편집부 신간 기획 담당자 앞
전화 : 02) 3273 - 5135
www.rokmedia.com   이메일 : rokmedia@empas.com